汪曾祺 文集

文与画

汪曾祺散文31篇画作89幅

汪曾祺 著

山东画报出版社

目　录

书画自娱（代序）………… 1

自报家门 ………… 4
谈谈风俗画 ………… 23
传神 ………… 38
张大千和毕加索 ………… 47
字的灾难 ………… 53
"无事此静坐" ………… 58
沙岭子 ………… 63
七十书怀 ………… 77
写字 ………… 88
我的祖父祖母 ………… 95
随遇而安 ………… 108

我的家乡 124

我的家 135

自得其乐 156

我的父亲 168

徐文长论书画 180

我的母亲 193

谈题画 201

想象 204

岁朝清供 206

看画 210

文章余事 218

创作的随意性 229

文人与书法 231

题画二则 236

张郎且莫笑郭郎 240

潘天寿的倔脾气 244

只可自怡悦，不堪持赠君
　　——《当代才子书》序 248

齐白石的童心 253

论精品意识
　　——与友人书 254

汪曾祺与书画（代跋）　　汪朝 260

书画自娱(代序)

《中国作家》将在封二发作家的画,拿去我的一幅,还要写几句有关"作家画"的话,写了几句诗:

> 我有一好处,平生不整人。
> 写作颇勤快,人间送小温。
> 或时有佳兴,伸纸画芳春。
> 草花随目见,鱼鸟略似真。
> 惟求俗可耐,宁计故为新。
> 只可自怡悦,不堪持赠君。
> 君若亦欢喜,携归尽一樽。

诗很浅显,不需注释,但可申说两句。给人间送一点小小的温暖,这大概可以说是我的写作的态度。我的画画,更是遣兴而已。我很欣赏宋人诗:"四时佳兴与人同。"人活着,就得有点兴致。

我不会下棋,不爱打扑克、打麻将,偶尔喝了两杯酒,一时兴起,便裁出一张宣纸,随意画两笔。所画多是"芳春"——对生活的喜悦。我是画花鸟的。所画的花都是平常的花。北京人把这样的花叫"草花"。我是不种花的,只能画我在街头、陌上、公园里看得很熟的花。我没有画过素描,也没有临摹过多少徐青藤、陈白阳,只是"以意为之"。我很欣赏齐白石的话:"太似则媚俗,不似则欺世。"我画鸟,我的女儿称之为"长嘴大眼鸟"。我画得不大像,不是有意求其"不似",实因功夫不到,不能似耳。但我还是希望能"似"的。当代"文人画"多有烟云满纸,力求怪诞者,我不禁要想起齐白石的话,这是不是"欺世"?"说了归齐"(这是北京话),我的画画,自娱而已。"只可自怡悦,不堪持赠君",是照搬了陶弘景的原句。我近曾到永嘉去了一次,游了陶公洞,觉得陶弘景是个很有意思的人。他是道教的重要人物,其思想的基础是老庄,接受了神仙道教影响,又吸取佛教思想,他又是个药物学家,且擅长书法,他留下的诗不多,最著名的是《诏问山中何所有赋诗以答》:

　　山中何所有?
　　岭上多白云。
　　只可自怡悦,
　　不堪持赠君。

一个人一辈子留下这四句诗,也就可以不朽了。我的画,也只是白云一片而已。

一九九二年一月八日

载一九九二年二月一日《新民晚报》

自报家门

京剧的角色出台,大都有一段相当长的独白,向观众介绍自己的历史,最近遇到什么事,他将要干什么,叫做"自报家门"。过去西方戏剧很少用这种办法,西方戏剧的第一幕往往是介绍人物,通过别人之口互相介绍出剧中人。这实在很费事。中国的"自报家门"省事得多。我采取这种办法,也是为了图省事,省得麻烦别人。

法国安妮·居里安女士打算翻译我的小说。她从波士顿要到另一个城市去,已经订好了飞机票。听说我要到波士顿,特意把机票退了,好跟我见一面。她谈了对我的小说的印象,谈得很聪明。有一点是别的评论家没有提过,我自己从来没有意识到的。她说我很多小说里都有水,《大淖记事》是这样。《受戒》写水虽不多,但充满了水的感觉。我想了想,真是这样,这是很自然的。我的家乡是一个水乡,江苏北部一个不大的城市——高邮。在运河的旁边。

运河西边,是高邮湖。城的地势低,据说运河的河底和城墙

骀荡　一九八三年四月　汪曾祺

垛子一般高。我们小时候到运河堤上去玩，可以俯瞰堤下人家的屋顶。因此，常常闹水灾。县境内有很多河道。出城到乡镇，大都是坐船。农民几乎家家都有船。水不但于不自觉中成了我的一些小说的背景，并且也影响了我的小说的风格。水有时是汹涌澎湃的，但我们那里的水平常总是柔软的，平和的，静静地流着。

我是一九二〇年生的。三月五日。按阴历算，那天正好是正月十五，元宵节。这是一个吉祥的日子。中国一直很重视这个节日，到现在还是这样。到了这天，家家吃"元宵"，南北皆然。沾了这个光，我每年的生日都不会忘记。

我的家庭是一个旧式的地主家庭。房屋、家具、习俗，都很旧。整所住宅，只有一处叫做"花厅"的三大间是明亮的，因为朝南的一溜儿大窗户是安玻璃的。其余的屋子的窗格上都糊的是白纸。一直到我读高中时，晚上有的屋里点的还是豆油灯。这在全城（除了乡下）大概找不出几家。

我的祖父是清朝末科的"拔贡"。这是略高于"秀才"的功名。据说要八股文写得特别好，才能被选为"拔贡"。他有相当多的田产，大概有两三千亩田，还开着两家药店、一家布店，但是生活却很俭省。他爱喝一点酒，酒菜不过是一个咸鸭蛋，而且一个咸鸭蛋能喝两顿酒。喝了酒有时就一个人在屋里大声背唐诗。他同时又是一个免费为人医治眼疾的眼科医生。我们家看眼科是祖传。在孙辈里他比较喜欢我。他让我闻他的鼻烟。有一回我不停地打嗝，他忽然把我叫到跟前，问我他吩咐我做的事做好了没有。我想了半天，他吩咐过我做什么事呀？我使劲地想。他哈哈大笑："嗝不打了吧！"他说这是治打嗝的最好的办法。他教过我读《论语》，还教我写过初步的八股文，说如果在清朝，我完全可以中一个秀才（那年我才十三岁）。他赏给我一块紫色的端砚，好几本很名贵的原拓本字帖。一个封建家庭的祖父对于孙子的偏爱，也仅能表现到这个程度。

我的生母姓杨。杨家是本县的大族。在我三岁时，她就死去了。她得的是肺病，早就一个人住在一间偏屋里，和家人隔离了。她不让人把我抱去见她，因此我对她全无印象。我只能从她的遗像（据说画得很像）上知道她是什么样子，另外我从父亲的画室里翻出一摞她生前写的大楷，字写得很清秀。由此我知道我的母亲是读过书的。她嫁给我父亲后还能每天写一张大字，可见她还过着一种闺秀式的生活，不为柴米操心。

红桃曾照秦时月,黄菊重开陶令花。
大乱十年成一梦,与君安坐吃擂茶。
一九八二年初冬游湖南桃花源,八三年二月一日初雪写菊 曾祺记

我父亲是我所知道的一个最聪明的人。多才多艺。他不但金石书画皆通，而且是一个擅长单杠的体操运动员、一名足球健将。他还练过中国的武术。他有一间画室，为了用色准确，裱糊得"四白落地"。他后半生不常作画，以"懒"出名。他的画室里堆积了很多求画人送来的宣纸，上面都贴了一个红签："敬求法绘，赐呼××。"我的继母有时提醒："这几张纸，你该给人家画画了。"父亲看看红签，说："这人已经死了。"每逢春秋佳日，天气晴和，他就打开画室作画。我非常喜欢站在旁边看他画，对着宣纸端详半天，先用笔杆的一头或大拇指指甲在纸上划几道，决定布局，然后画花头，枝干，布叶，勾筋。画成了，再看看，收拾一遍，题字，盖章，用摁钉钉在板壁上，再反复看看。他年轻时曾画过工笔的菊花，能辨别、表现很多菊花品种。因为他是阴历九月生的，在中国，习惯把九月叫做菊月，所以对菊花特别有感情。后来就放笔作写意花卉了。他的画，照我看是很有功力的。可惜局处在一个小县城里，未能浪游万里，多睹大家真迹。又未曾学诗，题识多用成句，只成"一方之士"，声名传得不远。很可惜！他学过很多乐器，笙箫管笛、琵琶、古琴都会。他的胡琴拉得很好。几乎所有的中国乐器我们家都有过，包括唢呐、海笛。他吹过的箫和笛子是我一生中见过的最好的箫笛。他的手很巧，心很细。我母亲的冥衣（中国人相信人死了，在另一个世界——阴间还要生活，故用纸糊制了生活用物烧了，使死者可以"冥中收用"，

金背大红,十丈珠帘,鹅毛,狮子头。
一九八三年四月 曾祺写菊

统称冥器)是他亲手糊的。他选购了各种砑花的色纸,糊了很多套,四季衣裳,单夹皮棉,应有尽有。"裘皮"剪得极细,和真的一样,还能分出羊皮、狐皮。他会糊风筝。有一年糊了一个蜈蚣——这是风筝最难的一种,带着儿女到麦田里去放。蜈蚣在天上矫夭摆动,跟活的一样。这是我永远不能忘记的一天。他放蜈蚣用的是胡琴的"老弦"。用琴弦放风筝,我还未见过第二人。他养过鸟,养过蟋蟀。他用钻石刀把玻璃裁成小片,再用胶水一片一片逗拢粘固,做成小船、小亭子、八面玲珑绣球,在里面养金铃子——一种金色的小昆虫,磨翅发声如金铃。我父亲真是一个聪明人。如果我还不算太笨,大概跟我从父亲那里接受的遗传因子有点关系。我的审美意识的形成,跟我从小看他作画有关。

我父亲是个随便的人,比较有同情心,能平等待人。我十几岁时就和他对坐饮酒，一起抽烟。他说："我们是多年父子成兄弟。"他的这种脾气也传给了我。不但影响了我和家人子女、朋友后辈的关系，而且影响了我对我所写的人物的态度以及对读者的态度。

我的小学和初中是在本县读的。

小学在一座佛寺的旁边，原来即是佛寺的一部分。我几乎每天放学都要到佛寺里逛一逛，看看哼哈二将、四大天王、释迦牟尼、迦叶阿难、十八罗汉、南海观音。这些佛像塑得生动。这是我的雕塑艺术馆。从我家到小学要经过一条大街，一条曲曲弯弯的巷子。我放学回家喜欢东看看，西看看，看看那些店铺、手工作坊、布店、酱园、杂货店、爆仗店、烧饼店、卖石灰麻刀的铺子、染坊……我到银匠店里去看银匠在一个模子上錾出一个小罗汉，到竹器厂看师傅怎样把一根竹竿做成笆草的笆子，到车匠店看车匠用硬木车旋出各种形状的器物，看灯笼铺糊灯笼……百看不厌。有人问我是怎样成为一个作家的，我说这跟我从小喜欢东看看西看看有关。这些店铺、这些手艺人使我深受感动，使我闻嗅到一种辛劳、笃实、轻甜、微苦的生活气息。这一路的印象深深注入我的记忆，我的小说有很多篇写的便是这座封闭的、退色的小城的人事。

初中原是一个道观，还保留着一个放生鱼池。池上有飞梁（石桥），一座原来供奉吕洞宾的小楼和一座小亭子。亭子四周长满了紫竹（竹竿深紫色）。这种竹子别处少见。学校后面有小河，

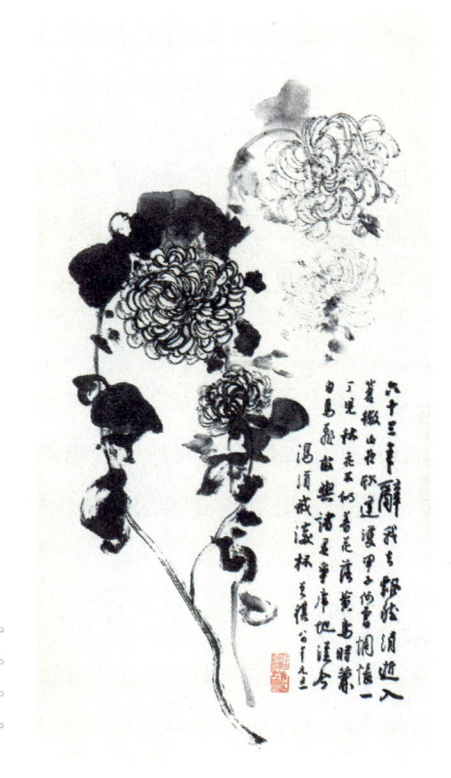

六十三年辞我去，飘然消逝入苍微。
此夜欣逢双甲子，何曾惆怅一丁儿。
秋花不似春花落，黄鸟时兼白鸟飞。
敢与诸君争席地，从今泻酒戒深杯。

曾祺 八四年元旦

河边开着野蔷薇。学校挨近东门，出东门是杀人的刑场。我每天沿着城东的护城河上学、回家，看柳树，看麦田，看河水。

我自小学五年级至初中毕业，教国文的都是一位姓高的先生。高先生很有学问，他很喜欢我。我的作文几乎每次都是"甲上"。在他所授古文中，我受影响最深的是明朝大散文家归有光的几篇代表作。归有光以轻淡的文笔写平常的人物，亲切而凄婉。这和我的气质很相近，我现在的小说里还时时回响着归有光的余韵。

我读的高中是江阴的南菁中学。这是一座创立很早的学校，至今已有百余年历史。这个学校注重数理化，轻视文史。但我买了一部词学丛书，课余常用毛笔抄宋词，既练了书法，也略窥了词意。词大都是抒情的，多写离别。这和少年人每易有的无端感伤情绪易于相合。到现在我的小说里还带有一点隐隐约约的哀愁。

读了高中二年级，日本人占领了江南，江北危急。我随祖父、父亲在离城稍远的一个村庄的小庵里避难。在庵里大概住了半年。我在《受戒》里写了和尚的生活。这篇作品引起注意，不少人问我当过和尚没有。我没有当过和尚。在这座小庵里我除了带了准备考大学的教科书，只带了两本书，一本《沈从文小说选》，一本屠格涅夫的《猎人日记》。说得夸张一点，可以说这两本书定了我的终身。这使我对文学形成比较稳定的兴趣，并且对我的风格产生深远的影响。我父亲也看了沈从文的小说，说："小说也是可以这样写的？"我的小说也有人说是不像小说，其来有自。

一九三九年，我从上海经香港、越南到昆明考大学。到昆明，得了一场恶性疟疾，住进了医院。这是我一生第一次住院，也是唯一的一次。高烧超过四十度。护士给我注射了强心针，我问她："要不要写遗书？"我刚刚能喝一碗蛋花汤，晃晃悠悠进了考场。考完了。一点把握没有。天保佑，发了榜，我居然考中了第一志愿：西南联大中国文学系！

我成不了语言文字学家。我对古文字有兴趣的只是它的美术价值——字形。我一直没有学会国际音标。我不会成为文学史研

雨　一九八三年四月　汪曾祺写

究者或文学理论专家，我上课很少记笔记，并且时常缺课。我只能从兴趣出发，随心所欲，乱七八糟地看一些书。白天在茶馆里。夜晚在系图书馆。于是，我只能成为一个作家了。

不能说我在投考志愿书上填了西南联大中国文学系是冲着沈从文去的，我当时有点恍恍惚惚，缺乏任何强烈的意志。但是"沈从文"是对我很有吸引力的，我在填表前是想到过的。

沈先生一共开过三门课：各体文习作、创作实习、中国小说史，我都选了。沈先生很欣赏我。我不但是他的入室弟子，可以说是得意高足。

沈先生实在不大会讲课。讲话声音小，湘西口音很重，很不好懂。他讲课没有讲义，不成系统，只是即兴的漫谈。他教创作，反反复复，经常讲的一句话是：要贴到人物来写。很多学生都不大理解这是什么意思。我是理解的。照我的理解，他的意思是：在小说里，人物是主要的，主导的，其余的都是次要的，派生的。作者的心要和人物贴近，富同情，共哀乐。什么时候作者的笔贴不住人物，就会虚假。写景，是制造人物生活的环境。写景处即是写人，景和人不能游离。常见有的小说写景极美，但只是作者眼中之景，与人物无关。这样有时甚至会使人物疏远。即作者的叙述语言也须和人物相协调，不能用知识分子的语言去写农民。我相信我的理解是对的。这也许不是写小说唯一的原则（有的小说可以不着重写人，也可以有的小说只是作者在那里发议论），但是是重要的原则。至少在现实主义的小说里，这是重要原则。

沈先生每次进城（为了躲日本飞机空袭，他住在昆明附近呈贡的乡下，有课时才进城住两三天），我都去看他。还书、借书，听他和客人谈天。他上街，我陪他同去，逛寄卖行、旧货摊，买耿马漆盒，买火腿月饼。饿了，就到他的宿舍对面的小铺吃一碗加一个鸡蛋的米线。有一次我喝得烂醉，坐在路边，他以为是一个生病的难民，一看，是我！他和几个同学把我架到宿舍里，灌了好些酽茶，我才清醒过来。有一次我去看他，牙疼，腮帮子肿得老高，他不说一句话，出去给我买了几个大桔子。

我读的是中国文学系，但是大部分时间是看翻译小说。当时在联大比较时髦的是A.纪德，后来是萨特。我二十岁开始发表

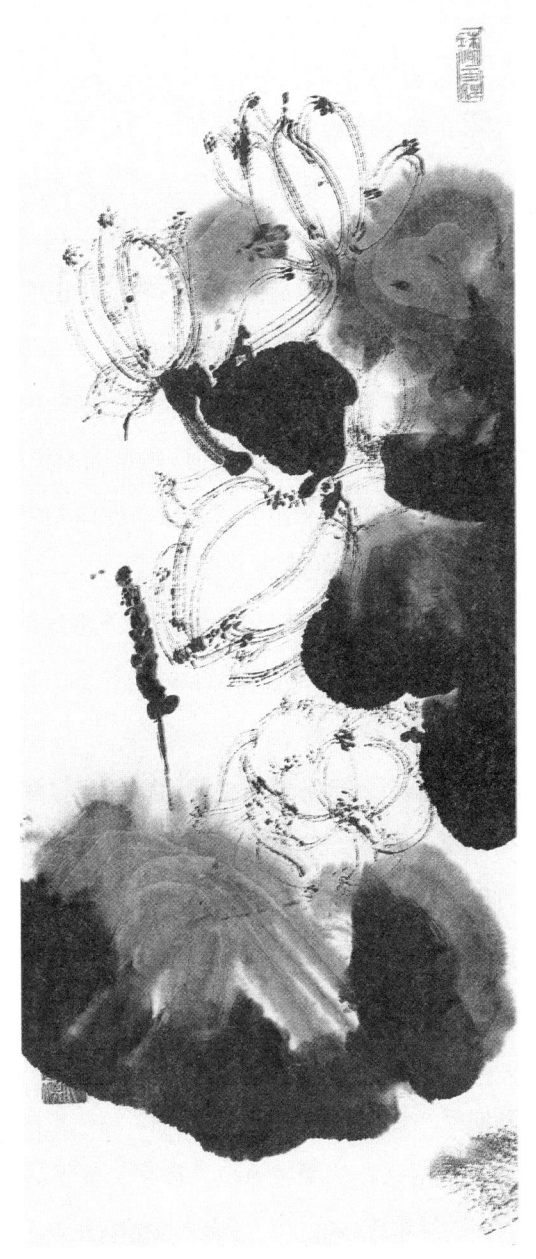

作品。外国作家我受影响较大的是契诃夫，还有一个西班牙作家阿索林。我很喜欢阿索林，他的小说像是覆盖着阴影的小溪，安安静静的，同时又是活泼的，流动的。我读了一些弗金妮亚·沃尔芙的作品，读了普鲁斯特小说的片段。我的小说有一个时期明显地受了意识流方法的影响，如《小学校的钟声》《复仇》。

离开大学后，我在昆明郊区一个联大同学办的中学教了两年书。《小学校的钟声》和《复仇》便是这时写的。当时没有地方发表。后来由沈先生寄给上海的《文艺复兴》，郑振铎先生打开原稿，发现上面已经叫蠹虫蛀了好些小洞。

一九四六年初秋，我由昆明到上海。经李健吾先生介绍，到一个私立中学教了两年书。一九四八年初春离开。这两年写了一些小说，结为《邂逅集》。

到北京，失业半年，后来到历史博物馆任职。陈列室在午门城楼上，展出的文物不多，游客寥寥无几。职员里住在馆里的只有我一个人。我住的那间据说原是锦衣卫值宿的屋子。为了防火，当时故宫范围内都不装电灯，我就到旧货摊上买了一盏白瓷罩子的古式煤油灯。晚上灯下读书，不知身在何世。北京一解放，我就报名参加了四野南下工作团。

我原想随四野一直打到广州，积累生活，写一点刚劲的作品。不想到武汉就被留下来接管文教单位，后来又被派到一个女子中学当副教导主任。一年之后，我又回到北京，到北京市文联工作。

揭谛揭谛,波罗僧揭谛,菩提萨婆诃。
一九八三年十二月 高邮汪曾祺 时年六十三岁,手不战,气不喘。

一九五四年,调中国民间文艺研究会。

自一九五〇年至一九五八年,我一直当文艺刊物编辑。编过《北京文艺》《说说唱唱》《民间文学》。我对民间文学是很有感情的。民间故事丰富的想象和农民式的幽默,民歌比喻的新鲜和韵律的精巧使我惊奇不置。但我对民间文学的感情被割断了。一九五八年,我被错划成右派,下放到长城外面的一个农业科学研究所劳动,将近四年。

这四年对我来说是很重要的。我和农业工人(即是农民)一同劳动,吃一样的饭,晚上睡在一间大宿舍里,一铺大炕(枕头挨着枕头,虱子可以自由地从最东边一个人的被窝里爬到最西边的被窝里)。我比较切实地看到中国的农村和中国的农民是怎么回事。

一九六二年初，我调到北京京剧团当编剧，一直到现在。

我二十岁开始发表作品，今年六十九岁，写作时间不可谓不长。但我的写作一直是断断续续，一阵一阵的，因此数量很少。过了六十岁，就听到有人称我为"老作家"，我觉得很不习惯。第一，我不大意识到我是一个作家；第二，我没有觉得我已经老了。近两年逐渐习惯了。有什么办法呢，岁数不饶人。杜甫诗："座下人渐多。"现在每有宴会，我常被请到上席。我已经出了几本书，有点影响，再说我不是作家，就有点矫情了。我算什么样的作家呢？

我年轻时受过西方现代派的影响，有些作品很"空灵"，甚至很不好懂。这些作品都已散失。有人说翻翻旧报刊，是可以找到了，劝我搜集起来出一本书。我不想干这种事。实在太幼稚，而且和人民的疾苦距离太远。我近年的作品渐趋平实。在北京市作协讨论我的作品的座谈会上，我作了一个简短的发言，题为"回到民族传统，回到现实主义"，这大体上可以说是我现在的文学主张。我并不排斥现代主义。每逢有人诋毁青年作家带有现代主义倾向的作品时，我常会为他们辩护。我现在有时也偶尔还写一点很难说是纯正的现实主义的作品，比如《昙花、鹤和鬼火》，就是在通体看来是客观叙述的小说中有时还夹带一点意识流片段，不过评论家不易察觉。我的看似平常的作品其实并不那么老实。我希望能做到融奇崛于平淡，纳外来于传统，不今不古，不中不西。

我是较早意识到要把现代创作和传统文化结合起来的。和传

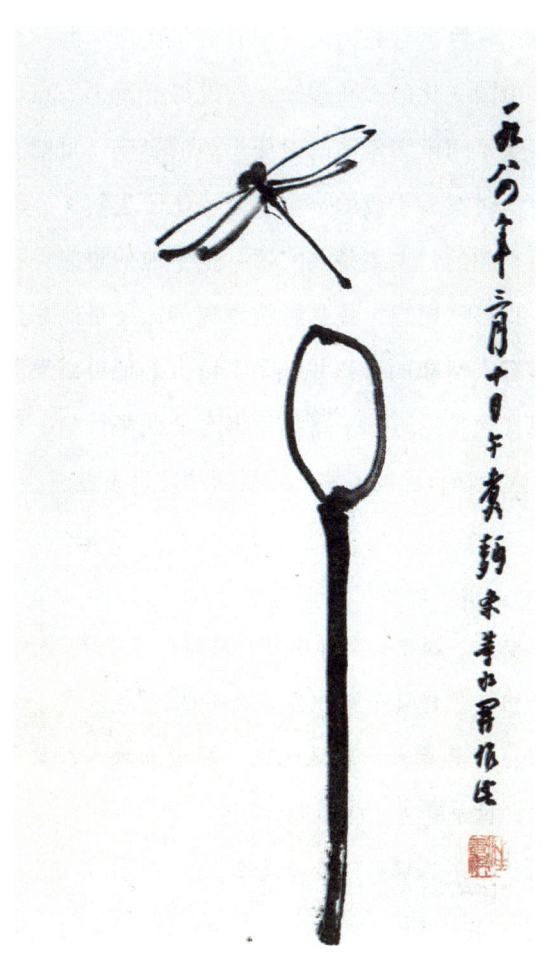

一九八四年三月十日午，煮面条，等水开，作此。

统文化脱节,我以为是开国以后,五十年代文学的一个缺陷——有人说这是中国文化的"断裂",这说得严重了一点。有评论家说我的作品受了两千多年前的老庄思想的影响,可能有一点,我在昆明教中学时案头常放的一本书是《庄子集解》。但是我对庄子感极大的兴趣的,主要是其文章,至于他的思想,我到现在还不甚了了。我自己想想,我受影响较深的,还是儒家。我觉得孔夫子是个很有人情味的人,并且是个诗人。他可以发脾气,赌咒发誓。我很喜欢《论语·子路曾晳冉有公西华侍坐》章。他让在座的四位学生谈谈自己的志愿,最后问到曾晳(点)。

"点,尔何如?"

鼓瑟希,铿尔,舍瑟而作,对曰:"异乎三子者之撰。"

子曰:"何伤乎?亦各言其志也。"

曰:"莫春者,春服既成,冠者五六人,童子六七人,浴乎沂,风乎舞雩,咏而归。"

夫子喟然叹曰:"吾与点也。"

这写得实在非常美。曾点的超功利的率性自然的思想是生活境界的美的极致。

我很喜欢宋儒的诗:

> 万物静观皆自得,
> 四时佳兴与人同。

说得更实在的是:

> 顿觉眼前生意满,
> 须知世上苦人多。

我觉得儒家是爱人的,因此我自诩为"中国式的人道主义者"。

我的小说似乎不讲究结构。我在一篇谈小说的短文中,说结构的原则是:随便。有一位年龄略低我的作家每谈小说,必谈结构的重要。他说:"我讲了一辈子结构,你却说:随便!"我后来在谈结构的前面加了一句话,"苦心经营的随便",他同意了。我不喜欢结构痕迹太露的小说,如莫泊桑,如欧·亨利。我倾向"为文无法",即无定法。我很向往苏轼所说的:"如行云流水,初无定质,但常行于所当行,常止于所不可不止,文理自然,姿态横生。"

我的小说在国内被称为"散文化"的小说。我以为散文化是世界短篇小说发展的一种(不是唯一的)趋势。

我很重视语言,也许过分重视了。我以为语言具有内容性。语言是小说的本体,不是外部的,不只是形式,是技巧。探索一个作者气质、他的思想（他的生活态度，不是理念），必须由语言入手，并始终浸在作者的语言里。语言具有文化性。作品的语言映照出作者的全部文化修养。语言的美不在一个一个句子，而在句与句之间的关系。包世臣论王羲之字，看来参差不齐，但如老翁携带幼孙，顾盼有情，痛痒相关。好的语言正当如此。语言像树，枝干内部液汁流转，一枝摇，百枝摇。语言像水，是不能切割的。一篇作品的语言，是一个有机的整体。

我认为一篇小说是作者和读者共同创作的。作者写了，读者读了，创作过程才算完成。作者不能什么都知道，都写尽了。要留出余地，让读者去捉摸，去思索，去补充。中国画讲究"计白当黑"。包世臣论书以为当使字之上下左右皆有字。宋人论崔颢的《长干曲》"无字处皆有字"。短篇小说可以说是"空白的艺术"。办法很简单：能不说的话就不说。这样一篇小说的容量就会更大了，传达的信息就更多。以己少少许，胜人多多许。短了，其实是长了。少了，其实是多了。这是很划算的事。

我这篇"自报家门"实在太长了。

一九八八年三月二十日

载一九八八年第七期《作家》

谈谈风俗画

有几位评论家都说我的小说里有风俗画,这一点是我原来没有意识到的。经他们一说,我想想倒是有的。有一位文学界的前辈曾对我说:"你那种写法是风俗画的写法。"并说这种写法很难。风俗画的写法是怎样一种写法?这种写法难么?我不知道。有人干脆说我是一个风俗画作家……

我是很爱看风俗画的。十七世纪荷兰学派的画、日本的浮世绘,我都爱看。中国的风俗画的传统很久远了。汉代的很多画像石刻、画像砖都画(刻)了迎宾、饮宴、耍杂技——倒立、弄丸、弄飞刀……有名的说书俑,滑稽中带点愚蠢,憨态可掬,看了使人不忘。晋唐的画以宗教画、宫廷画为大宗。但这当中也不是没有风俗画,敦煌壁画中的杰作《张议潮出行图》就是。墓葬中的笔致粗率天真的壁画,也多涉及当时的风俗。宋代风俗画似乎特别的流行,《清明上河图》是一个突出的例子。我看这幅画,能够一看看半天。我很想在清明那天到汴河上去玩玩,那一定是非常好玩的。南宋

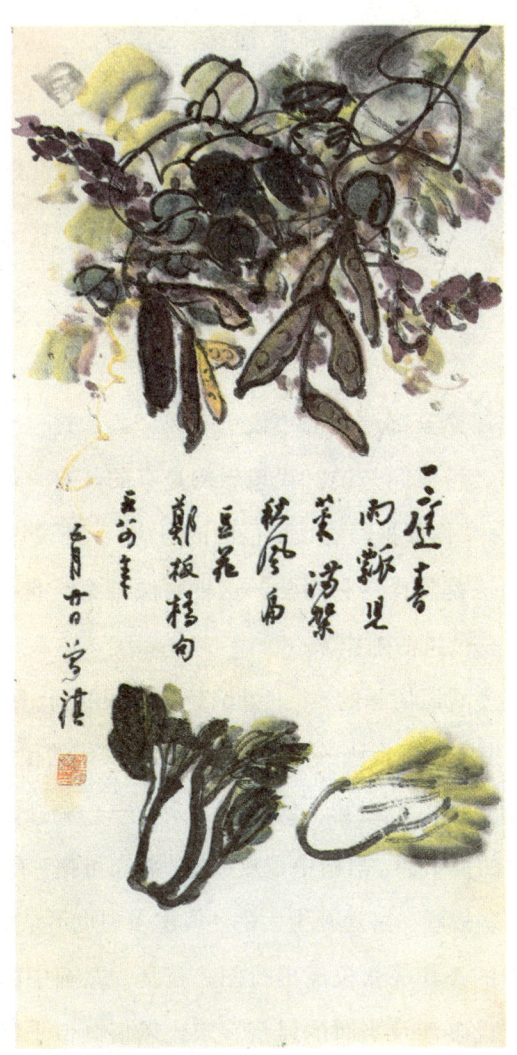

一庭春雨瓢儿菜,满架秋风扁豆花。郑板桥句

一九八四年五月廿日 曾祺

的画家也多画风俗。我从马远的《踏歌图》知道"踏歌"是怎么回事,从而增加了对"桃花潭水深千尺,不及汪伦送我情"的理解。这种"踏歌"的遗风,似乎现在朝鲜还有。我也很爱李嵩、苏汉臣的《货郎图》,它让我知道南宋的货郎担上有那么多卖给小孩子们的玩意儿,真是琳琅满目,都蛮有意思。元明的风俗画我所知甚少。清朝罗两峰的《鬼趣图》可以算是风俗画。幸好这时兴起了年画。杨柳青、桃花坞的年画大部分都是风俗画,连不画人物只画动物的也都是,如《老鼠嫁女》。我很喜欢这张画,如鲁迅先生所说,所有俨然穿着人的衣冠的鼠类,都尖头尖脑得非常有趣。陈师曾等人都画过北京市井的生活。风俗画的雕塑大师是泥人张。他的《钟馗嫁妹》《大出丧》,是近代风俗画的不朽的名作。

我也爱看讲风俗的书。从《荆楚岁时记》直到清朝人写的《一岁货声》之类的书都爱翻翻。还是上初中的时候,一年暑假,我在祖父的尘封的书架上发现了一套巾箱本木活字聚珍版的丛书,里面有一册《岭表录异》,我就很感兴趣地看起来,后来又看了《岭外代答》。从此就对讲地理的书、游记,产生了一种嗜好。不过我最有兴趣的是讲风俗民情的部分,其次是物产,尤其是吃食。对山川疆域,我看不进去,也记不住。宋元人笔记中有许多是记风俗的,《梦溪笔谈》《容斋随笔》里有不少条记各地民俗,都写得很有趣。明末的张岱特长于记述风物节令,如记西湖七月半、泰山进香,以及为祈雨而赛水浒人物,都极生动。虽然难免有鲁迅先生所说的夸张之处，但是绘形绘声，详细而不琐碎，实在很叫人向往。我也很爱读各地的竹枝词，尤其爱读作者自己在题目下面或句间所加的注解。这些注解常比本文更有情致。我放在手边经常看看的一本书是古典文学出版社出的《东京梦华录》（外四种——《都城纪胜》《西湖老人繁胜录》《梦粱录》《武林旧事》）。这样把记两宋风俗的书汇为一册，于翻检上极便，是值得感谢的，只是断句断错的地方太多。这也难怪。有一位历史学家就说过《东京梦华录》是一本难读的书。因为对当时的情形和语言不明白，所以不好断句。

我对风俗有兴趣，是因为我觉得它很美。我曾经在一篇文章里说过："我以为风俗是一个民族集体创作的生活的抒情诗。"（《〈大淖记事〉是怎样写出来的》）这是一句随便说说的话，没有任何学术意义。但也不是一点道理没有。我以为，风俗，不论是自然形成的，还是包含一定的人为的成分（如自上而下的推行），都反映了一个民族对生活的挚爱，对"活着"所感到的欢悦。他们把生活中的诗情用一定的外部的形式固定下来，并且相互交流，溶为一体。风俗中保留一个民族的常绿的童心，并对这种童心加以圣化。风俗使一个民族永不衰老。风俗是民族感情的重要的组成部分。斯大林把民族感情列为民族的要素之一。民族感情是抽象的，看不见摸不着，但它确实存在着。民族感情常常体现在风俗中。风俗，是具体的。一种风俗对维系民族感情的作用是

后园有紫藤一架,无人管理,任其恣意攀盘而极旺茂,花盛时仰卧架下使人醺然有醉意。一九八四年五一偶忆写之。今日作画已近十幅,此为强弩之末矣。 曾祺记不可估量的，如那达慕、叼羊、麦西来甫、三月街……

所谓风俗，主要指仪式和节日。仪式即"礼"。礼这个东西，未可厚非。据说辜鸿铭把中国的"礼"翻译成英语时，译为"生活的艺术"。这传闻不知是否可靠，但却很有意思。礼是具有艺术性的，很好玩的，假如我们抛开其中迷信和封建的内核，单看它的形式。礼，包括婚礼和丧礼。很多外国的和中国少数民族的民间舞蹈常常以"××人的婚礼"作题目，那是在真实的婚礼的基础上加工而成的。结婚，对一个少女来说，意味着迈进新的生活，同时也意味着向过去的一切告别了。因此，这一类的舞蹈大都既有喜悦，又有悲哀，混合着复杂的感情，其动人处，也在此。中国西南几个民族都有"哭嫁"的习俗。临嫁的姑娘要把要好的姊妹约来哭（唱）一夜甚至几夜。那歌词大都是充满了真情，很美的。我小时候最爱参加丧礼，不管是亲戚家还是自己家的。我喜欢那种平常没有的"当大事"的肃穆的气氛，所有的人好像一下子都变得雅起来，多情起来了，大家都像在演戏，扮演一种角色，很认真地扮演着。我喜欢"六七开吊"，那是戏的顶点。我们那里开吊都要"点主"。点主，就是在亡人的牌位上加点。白木的牌位上事先写好了某某人之"神王"，要在王字上加一点，这才成了"神主"，点主不是随随便便点的，很隆重。要请一位有功名的老辈人来点。点主的人就位后，生喝道："凝神——想象，请加墨主！"点主人用一枝新墨笔在"王"字上点一点；然后再：

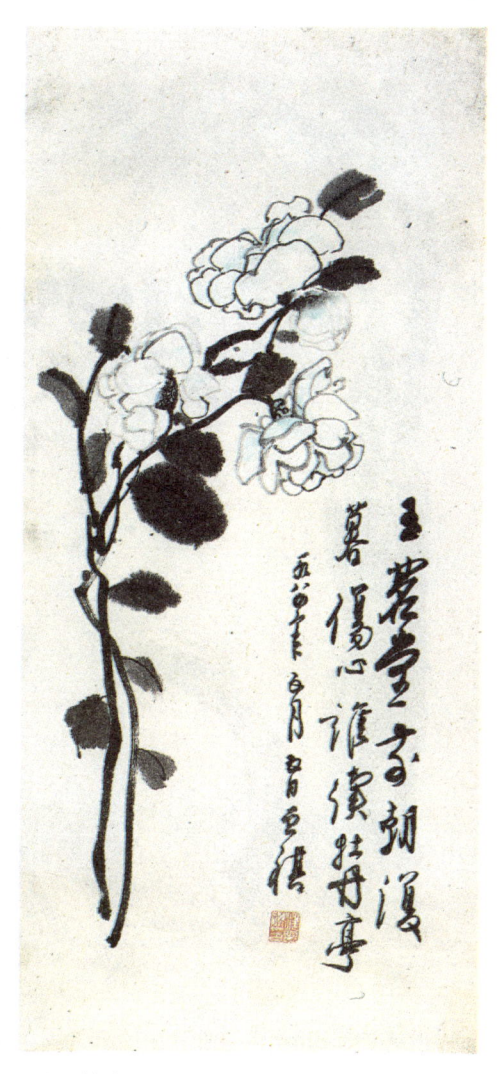

玉茗堂前朝复暮,伤心谁续牡丹亭。
一九八四年五月五日　曾祺

狗矢！　一九八四年五月十一日　曾祺

"凝神——想象，请加朱主！"点主人再用朱笔点一点，把原来的墨点盖住。这样，那个人的魂灵就进了这块牌位了。"凝神——想象"，这实在很有点抒情的意味，也很有戏剧性。我小时看点主，很受感动，至今印象很深。

至于节日，那更不用说了。试想一下，如果没有那样多的节，我们的童年将是多么贫乏，多么缺乏光彩呀。日本人对传统的节日非常重视。多么现代化的大企业，到了盂兰盆节这一天，也要停产放假，举行集体的娱乐活动。这对于培养和增强民族的自信，无疑是会有好处的。

风俗，仪式和节日，是历史的产物，它必然是要消亡的。谁也不会提出恢复所有的传统的风俗，但是把它们记录下来，给现在的和将来的人看看，是有着各方面的意义的。我很希望中国民俗学会能编出两本书，一本《中国婚丧礼俗》，一本《中国的节日》。现在着手，还来得及。否则，到了"礼失而求诸野"，要到穷乡僻壤去访问搜集，就费事了。

为什么要在小说里写进风俗画？前已说过，我这样做原是无意的。只是因为我的相当一部分小说是写的家乡的，写小城的生活，平常的人事，每天都在发生，举目可见的小小悲欢，这样，写进一点风俗，便是很自然的事了。"人情"和"风土"原是紧密关联的。写一点风俗画，对增加作品的生活气息、乡土气息，是有帮助的。风俗画和乡土文学有着血缘关系，虽然二者不是一回事。

很难设想一部富于民族色彩的作品而一点不涉及风俗。鲁迅的《故乡》《社戏》，包括《祝福》，是风俗画的典范。《朝花夕拾》每篇都洋溢着罗汉豆的清香。沈从文的《边城》如果不是几次写到端午节赛龙船，便不会有那样浓郁的色彩。"风俗画小说"，在一般人的概念里，不是一个贬词。

风俗画小说的文体几乎都是朴素的。风俗本身是自自然然的。记述风俗的书原来不过是聊资谈助，大都是随笔记之，不事雕饰。幽兰居士孟元老《东京梦华录序》云："此录语言鄙俚，不以文饰者，盖欲上下通晓耳，观者幸详焉。"用华丽的文笔记风俗的人好像还很少。同样，风俗画小说所记述的生活也多是比较平实的，一般不太注重强烈的戏剧化的情节。写风俗而又富于浪漫主义的戏剧性的情节的，似乎只有梅里美一人。但他所写的往往是异乡的奇俗（如世代复仇），而且通常是不把梅里美列在风俗画作家范围内的。风俗画小说，在本质上是现实主义的。

记风俗多少有点怀旧，但那是故国神游，带抒情性，并不流于伤感。风俗画给予人的是慰藉，不是悲苦。就我所见过的风俗画作品来看，调子一般不是低沉的。

小说里写风俗，目的还是写人。不是为写风俗而写风俗，那样就不是小说，而是风俗志了。风俗和人的关系，大体有这样三种：

一种是以风俗作为人的背景。

一种是把风俗和人结合在一起，风俗成为人的活动和心理的契机。比如：

> 去年元夜时，
> 花市灯如昼。
> 月上柳梢头，
> 人约黄昏后。

又如苏北民歌《探妹》：

> 正月里探妹正月正，
> 我带小妹子看花灯。
> 看灯是假的，
> 妹子呀，试试你的心。

《边城》几次写端午节赛龙船，和翠翠的情绪的发育和感情的变化是紧紧扣在一起的，并且是情节发展不可缺少的纽带。

也有时，看起来是写风俗，实际上是在写人。我的小说里写风俗占篇幅最长的大概是《岁寒三友》里描写放焰火的一段。因为这篇小说见到的人不是很多，我把这一段抄录在下面：

> 这天天气特别好。万里无云，一天皓月。阴城的正中，

立起一个四丈多高的架子。有人早早吃了晚饭，就扛了板凳来等着了。各种卖小吃的都来了。卖牛肉高粱酒的，卖回卤豆腐干的，卖五香花生米的、芝麻灌香糖的，卖豆腐脑的，卖煮荸荠的，还有卖河鲜——卖紫皮鲜菱角和新剥鸡头米的……到处是"气死风"的四角玻璃灯，到处是白蒙蒙的热气、香喷喷的茴香八角气味。人们寻亲访友，说短道长，来来往往，亲亲热热。阴城的草都被踏倒了。人们的鞋底也叫秋草的浓汁磨得滑溜溜的。

忽然，上万双眼睛一齐朝着一个方向看。人们的眼睛一会儿睁大，一会儿眯细；人们的嘴一会儿张开，一会儿又合上；一阵阵叫喊，一阵阵欢笑，一阵阵掌声——陶虎臣点着了焰火了。

中间还有一段具体描写几种焰火，文长不录。

……火光炎炎，逐渐消隐，这时才听到人们呼唤："二丫头，回家咧！"

"四儿，你在哪儿哪？"

"奶奶，等等我，我鞋掉了！"

人们摸摸板凳，才知道：呀，露水下来了。

初日芙蓉　一九八四年五月廿五日　曾祺遥兴

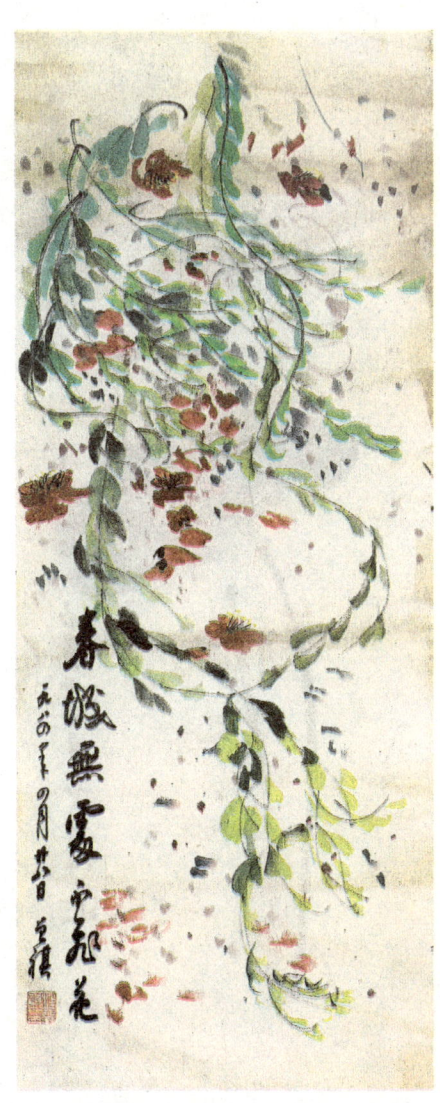

春城无处不飞花　一九八四年四月廿八日　曾祺

这里写的是风俗,没有一笔写人物,但是我自己知道笔笔都着意写人,写的是焰火的制造者陶虎臣。我是有意在表现人们看焰火时的欢乐热闹气氛中表现生活一度上升时期陶虎臣的愉快心情,表现用自己的劳作为人们提供欢乐,并于别人的欢乐中感到欣慰的一个善良人的品格的。这一点,在小说里明写出来,也是可以的,但是我故意不写,我把陶虎臣隐去了,让他消融在欢乐的人群之中。我想读者如果感觉到看焰火的热闹和欢乐,也就会感觉到陶虎臣这个人。人在其中,却无觅处。

写风俗,不能离开人,不能和人物脱节,不能和故事情节游离。写风俗不能流连忘返,收不到人物的身上。风俗画小说是有局限性的。一是风俗画小说往往只就人事的外部加以描写,较少刻画人物的内心世界,不大作心理描写,因此人物的典型性较差。二是,风俗画一般是清新浅易的,不大能够概括十分深刻的社会生活内容,缺乏历史的厚度,也达不到史诗一样的恢宏的气魄。因此,风俗画小说常常不能代表一个时代的文学创作的主流。这一点,风俗画小说作者应该有自知之明,不要因为自己的作品没有受到重视而气愤。

因此,我希望自己,也希望别人,不要只是写风俗画。并且,在写风俗画小说时也要有所突破,向生活的深度和广度掘进和开拓。

载一九八四年第三期《钟山》

传　神

看过一则杂记，唐朝有两个大画家，一个好像是韩幹，另外一个我忘了，二人齐名，难分高下。有一次，皇帝——应该是玄宗了——命令他们俩同时给一个皇子画像。画成了，皇帝拿到宫里请皇后看，问哪一张画得像。皇后说："都像。这一张更像——那一张只画出皇子的外貌，这一张画出了皇子的潇洒从容的神情。"于是二人之优劣遂定。哪一张更像呢？好像是韩幹以外的那一位的一张。这个故事，对于写小说是很有启发的。

小说是写人的。写人，有时免不了要给人物画像。但是写小说不比画画，用语言文字描绘人物的形貌，不如用线条颜色表现得那样真切。十九世纪的小说流行摹写人物的肖像，写得很细致，但是不易使读者留下深刻的印象。但是用语言文字捕捉人物的神情——传神，是比较容易办到的，有时能比用颜色线条表现得更鲜明。中国画讲究"形神兼备"，对于写小说来说，传神比写形象更为重要。

我的老师沈从文写《边城》里的翠翠乖觉明慧,并没有过多地刻画其外形,只是捕捉住了翠翠的神气:

翠翠在风日里长养着,把皮肤变得黑黑的,触目为青山绿水,一对眸子清明如水晶。自然既长养她且教育她,为人天真活泼,处处俨然如一只小兽物。人又那么乖,如山头黄麂一样,从不想到残忍事情,从不发怒,从不动气。平时在渡船上遇陌生人对她有所注意时,便把光光的眼睛瞅着那陌生人,作成随时皆可举步逃入深山的神气,但明白了人无机心后,就又从从容容地在水边玩耍了。

鲁迅先生曾说过:有人说,画一个人最好是画他的眼睛。传神,离不开画眼睛。

《祝福》两次写到祥林嫂的眼睛:

她不是鲁镇人。有一年的冬初,四叔家里要换女工,做中人的卫老婆子带她进来了,头上系着白头绳,乌裙,蓝夹袄,月白背心,年纪大约二十六七,脸色青黄,但两颊却还是红的。卫老婆子叫她祥林嫂,说是自己母亲的邻居,死了当家人,所以出来做工了。四叔皱了皱眉,四婶已经知道了他的意思,是在讨厌她是一个寡妇。但看她模样还周正,手脚都壮大,

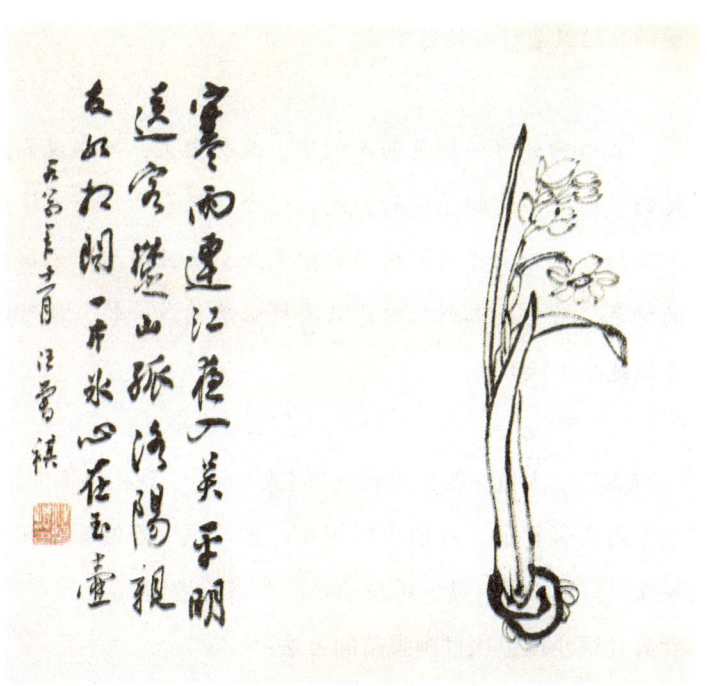

寒雨连江夜入吴,平明送客楚山孤。洛阳亲友如相问,一片冰心在玉壶。
一九八四年十一月　汪曾祺

又只是顺着眼，不开一句口，很像一个安分耐劳的人，便不管四叔的皱眉，将她留下了。

我这回到鲁镇所见的人们中，改变之大，可以说无过于她的了：五年前的花白的头发，即今已经全白，全不像四十上下的人；脸上瘦削不堪，黄中带黑，而且消尽了先前悲哀的神色，仿佛是木刻似的；只有那眼珠间或一轮，还可以表示她是一个活物。

"顺着眼"，大概是绍兴方言；"间或一轮"，现在也不大用了，但意思是可以懂得的，神情可以想见。这"顺"着的眼和间或一轮的眼珠，写出了祥林嫂的神情和她的悲惨的遭遇。

我有几篇小说里用过画眼睛的方法：

两个女儿，长得跟她娘像一个模子里脱出来的。眼睛尤其像，白眼珠鸭蛋青，黑眼珠棋子黑，定神时如清水，闪动时像星星。浑身上下，头是头，脚是脚。头发滑滴滴的，衣服格挣挣的——这里的风俗，十五六岁的姑娘就都梳上头了。这两个丫头，这一头的好头发！通红的发根，雪白的簪子！娘女三个去赶集，一集的人都朝她们望。

巧云十五岁，长成了一朵花。身材、脸盘都像妈。瓜子脸，一边有一个很深的酒窝。眉毛黑如鸦翅，长入鬓角。眼角有点吊，是一双凤眼。睫毛很长，因此显得眼睛经常眯眯着；忽然回头，睁得大大的，带点吃惊而专注的神情，好像听到远处有人叫她似的。

对于异常漂亮的女人，有时从正面直接地描写很困难；或者已经写了，还嫌不足，中国的和外国的古代的诗人，不约而同地想出另外一种聪明的办法，即换一个角度，不是描写她本人，而是间接地，描写看到她的别人的反映，从别人的欣赏、倾慕来反衬出她的美。希腊史诗《伊里亚特》里的海伦皇后是一个绝世的美人，但是荷马在描写她的美时，没有形容她的面貌肢体，只是用相当篇幅描写了看到她的几位老人的惊愕。汉代乐府《陌上桑》描写罗敷，也是用的这种方法：

> 行者见罗敷，下担捋髭须。
> 少者见罗敷，脱帽著帩头。
> 耕者忘其犁，锄者忘其锄。
> 来归相怨怒，但坐观罗敷。

这种方法，不能使人产生具体的印象，但却可以唤起读者无

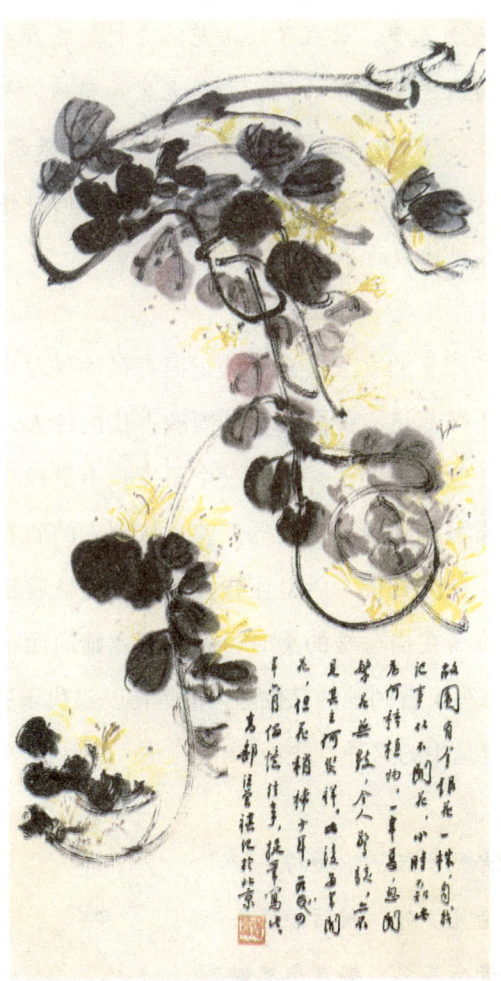

故园有金银花一株，自我记事，从不开花。小时不知此为何种植物。一年夏，忽开繁花无数，令人惊骇，亦不见其主何灾祥。此后每年开花，但花稍稀少耳。一九八四年六月偶忆往事，捉笔写此。 高邮汪曾祺记于北京边的想象。他没有看到这个美人是如何的美，但是他想得出她一定非常的美。这样的写法是虚的，但是读者的感受是实的。

这种方法，至少已经有两千多年的历史了，但是现代的作家还在用着。赵树理《小二黑结婚》写小芹，就用过这种方法（我手边无树理同志这篇小说，不能具引）。我在《大淖记事》里写巧云，也用了这种方法：

……她在门外的两棵树杈之间结网，在淖边平地上织席，就有一些少年人装着有事的样子来来去去。她上街买东西，甭管是买肉，买菜，打油，打酒，撕布，量头绳，买梳头油、雪花膏，买石碱、浆块，同样的钱，她买回来，分量都比别人多，东西都比别人的好。这个奥秘早被大娘、大婶们发现，她们就托她买东西，只要巧云一上街，都挎了好几个竹篮，回来时压得两个胳臂酸疼酸疼。泰山庙唱戏，人家都是自己扛了板凳去，巧云散着手就去了。一去了，总有人给她找一个得看的好座。台上的戏唱得正热闹，但是没有多少人叫好。因为好些人不是在看戏，是看她。

前引《受戒》里的"娘女三个赶集，一集的人都朝她们望"，用的也是这方法，只是繁简不同。

这些方法古已有之，应该说是陈旧的方法了，但是运用得好，却可以使之有新意，使人产生新鲜感。方法是不难理解的，也是不难掌握的，但是运用起来，却有不同。运用得好，使人觉得自自然然，很妥帖，很舒服，不露痕迹。虽然有法，恰似无法，用了技巧，却显不出技巧，好像是天生的一段文字，本来就该像这样写。用得不好，就会显得卖弄做作，笨拙生硬，使人像吃馒头时嚼出一块没有蒸熟的生面疙瘩。

这些写神情、画眼睛，从观赏者的角度反映出人的姿媚，都只是方法，是"用"，而不是"体"。"体"，是生活。没有丰富的生活积累，只是知道这些方法，还是写不出好作品的。反之，生活丰富了，对于这些方法，也就容易掌握，容易运用自如。

不过，作为初学写作者，知道这些方法，并且有意识地作一些练习，学习用几句话捉住一个人的神情，描绘若干双眼睛，尝试从别人的反映来写人，是有好处的。这可以锻炼自己的艺术感觉，并且这也是积累生活的验方。生活和艺术感是互相渗透，互为影响的。

载一九八四年第三期《江城》

张大千和毕加索

杨继仁同志写的《张大千传》是一本有意思的书。如果能挤去一点水分，控制笔下的感情，使人相信所写的多是真实的，那就更好了。书分上下册。下册更能吸引人，因为写得更平实而紧凑。记张大千与毕加索见面的一章（《高峰会晤》）写得颇精彩，使人激动。

……毕加索抱出五册画来，每册有三四十幅。张大千打开画册，全是毕加索用毛笔水墨画的中国画，花鸟鱼虫，仿齐白石。张大千有点纳闷。毕加索笑了："这是我仿贵国齐白石先生的作品，请张先生指正。"

张大千恭维了一番，后来就有点不客气了，侃侃而谈起来："毕加索先生所习的中国画，笔力沉劲而有拙趣，构图新颖，但是有一个很大的问题，就是不会使用中国的毛笔，墨色浓淡难分。"

毕加索用脚将椅子一勾，搬到张大千对面，坐下来专注地听。

"中国毛笔与西方画笔完全不同。它刚柔互济，含水量丰，曲

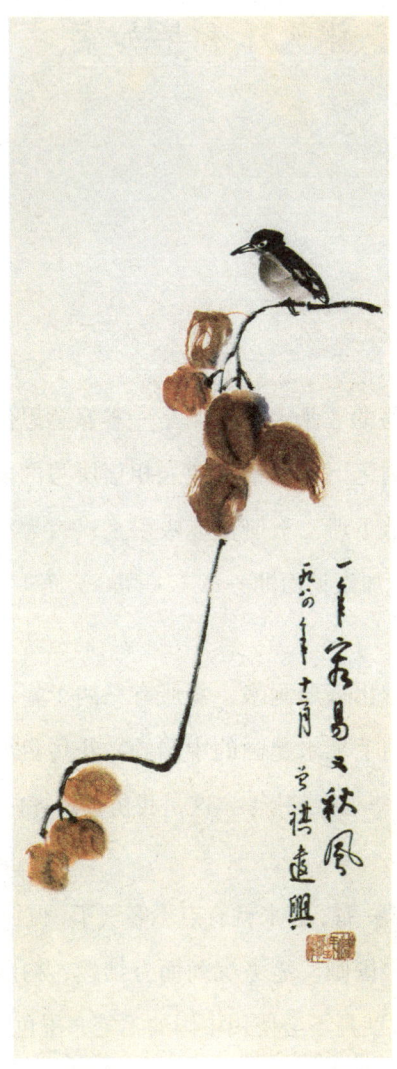

一年容易又秋风　一九八四年十二月　曾祺遣兴

雨足　一九八五年初秋作　曾祺

少年刻印换酒钱,润例高悬五华山。非秦非汉非今古,放笔挥刀气如虎。
四十年来劳案牍,钢刀生锈铜生绿。十年大乱幸苟全,谁复商量到管弦?
即今宇内承平日,当年豪气未能遏。浪游迤遍江湖海,偶逢佳石倾囊买。
少年积习未能消,老眼酒酣再奏刀。晚岁渐于诗律细,摹古时出新意。
亦秦亦汉亦文何,方寸青田大天地。大巧若拙见精神,自古金石能寿人。
毓珉治印自成一家,奔放蕴藉间有之,承惠二方均甚佳,戏作短歌为谢。
一九八六年十月　曾祺

折如意。善使用者'运墨而五色具'。墨之五色,乃焦、浓、重、淡、清。中国画,黑白一分,自现阴阳明暗;干湿皆备,就显苍翠秀润;浓淡明辨,凹凸远近,高低上下,历历皆入人眼。可见要画好中国画,首要者要运好笔,以笔为主导,发挥墨法的作用,才能如兼五彩。"

这一番运笔用墨的道理,对略懂一点国画的人,并没有什么新奇。然在毕加索,却是闻所未闻。沉默了一会,毕加索提出:"张

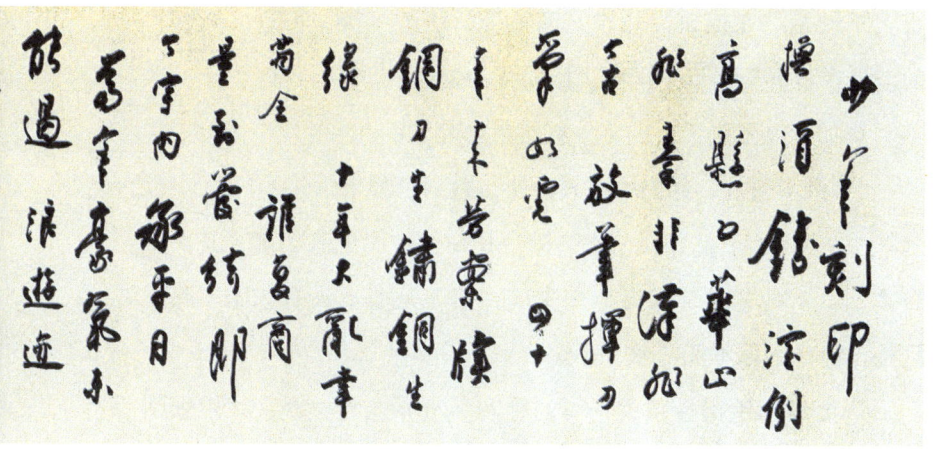

先生,请你写几个中国字看看,好吗?"

张大千提起桌上一支日本制的毛笔,蘸了碳素墨水,写了三个字:"张大千。"

(张大千发现毕加索用的是劣质毛笔,后来他在巴西牧场从五千只牛耳朵里取了一公斤牛耳毛,送到日本,做成八支笔,送了毕加索两支。他回赠毕加索的画画的是两株墨竹——毕加索送张大千的是一张西班牙牧神,两株墨竹一浓一淡,一远一近,目的就是在告诉毕加索中国画阴阳向背的道理。)

毕加索见了张大千的字,忽然激动起来:

"我最不懂的,你们中国人为什么跑到巴黎来学艺术!"

"……在这个世界谈艺术,第一是你们中国人有艺术;其次为日本,日本的艺术又源自你们中国;第三是非洲人有艺术。除此之外,白种人根本无艺术,不懂艺术!"

毕加索用手指指张大千写的字和那五本画册,说:"中国画真神奇。齐先生画水中的鱼,没一点色,一根线画水,却使人看到了江河,嗅到水的清香。真是了不起的奇迹。……有些画看上去一无所有,却包含着一切。连中国的字,都是艺术。"这话说得很一般化,但这是毕加索说的,故值得注意。毕加索感伤地说:"中国的兰花墨竹,是我永远不能画的。"这话说得很有自知之明。

"张先生,我感到,你是一个真正的艺术家。"

毕加索的话也许有点偏激,但不能说是毫无道理。

毕加索说的是艺术,但是搞文学的人是不是也可以想想他的话?

有些外国人说中国没有文学,只能说他无知。有些中国人也跟着说,叫人该说他什么好呢?

一九八六年十二月三日

载一九八七年第二期《北京文学》

字的灾难

北京人遭到一场字的灾难。

从前在北京上街,遇不到这样多的字。看到一些字,是很愉快的。到琉璃厂一带看看"青藜阁"之类的旧书店、各家南纸店的招牌,是一种享受。这些匾大小合适,制作讲究而朴素,字体清雅无火气。经过卖藤萝饼的"正明斋",卖帽子的"同陞和",招牌上骨力强劲而并不霸悍的大字会使人放慢脚步多看两眼。许多不大的铺子门前,还能看到"有匾皆书埛"的王埛的稍带行书笔意的欧体字,虽多,但不俗。东单牌楼香烛店的"细心坚烛、诚意高香",西单牌楼桂香村的"味珍鸡蹠、香渍豚蹄",那字也看得过去。就是煤铺门外粉壁上的"乌金墨玉、石火光恒",写的也并非"酱肘子字",北京牌匾的字多可看,让人觉得北京真是"文化城",有文化。

现在可不然了。满街都是字。许多店铺把所卖的货物用红漆写在门前的白墙上,更多的是用塑料刻的字反贴在橱窗的大玻璃上。一个五金交电公司,可以把阀门、导管、扁线、圆线、开关、变压器……一塌刮子都标明在橱窗上，写得满满的。这是干什么？如果是中药店呢？是不是要把人参、鹿茸、甘草、黄芪、防风、连翘、肉桂、厚朴、槟榔、通草、福橘络、菟丝子……都写在橱窗上？再加上到处的菜摊都用竖立的黑板，白粉大书："芫荽"；所有的小饭馆都在门外矗着一个红漆的牌子，用黄色的广告色写道："涮羊肉"，于是北京到处是字，喧嚣哄闹，一塌糊涂。

"文化大革命"以后，逐渐恢复了请人写招牌的风气，这本是好事。我很欣赏天桥实惠餐馆的一块很小的匾，黑地绿字，写的是繁体字，笔画如兰叶，稍带分书笔意，却不作蚕头燕尾，字体微长，横平竖直，很雅致。大字里最好的我以为是"懋隆"，只有两个字。这两个字笔划都多，本不好摆，但是位置摆得恰好，很稳，而且笔到墨到，流畅饱满。我最初怀疑这是集的郑孝胥的字，后来看落款，是赵朴初写的（落款有损"画面"的完整，没有原来的好看了）。赵朴老的匾还有一块写得很好的是"功德林"（这是一个素菜馆）。启功写的匾，我以为最好看的是"洞庭春酒家"，不大，黑地金字，放在一个垂花门里，真是美极了。

启功老的字书生气重，放得太大，易显得单薄，这样大小正合适。陈叔老（亮）的字功力深厚。虽枯实腴，但笔稍瘦，又喜作行草，于牌匾不甚相宜。如为"鸿霞"写的一块，字很好，但那"霞"字写得很草，恐怕很多人不认得。近二三年，写的字在商店、公司、餐厅间最时行的，似是刘炳森和李铎。他们是中年

朱文公云:山谷诗云:"对客挥毫秦少游。"盖少游只一笔写去,重意重字皆不问。然好处亦自是绝好。蔡正孙《诗林广记》后集
一九八六年十二月十七日,初雪,黄昏酒后　曾祺书　吾年六十六,书字解规矩,少逞意作姿态,当得少存韵致不至枯拙如老经生否耶。

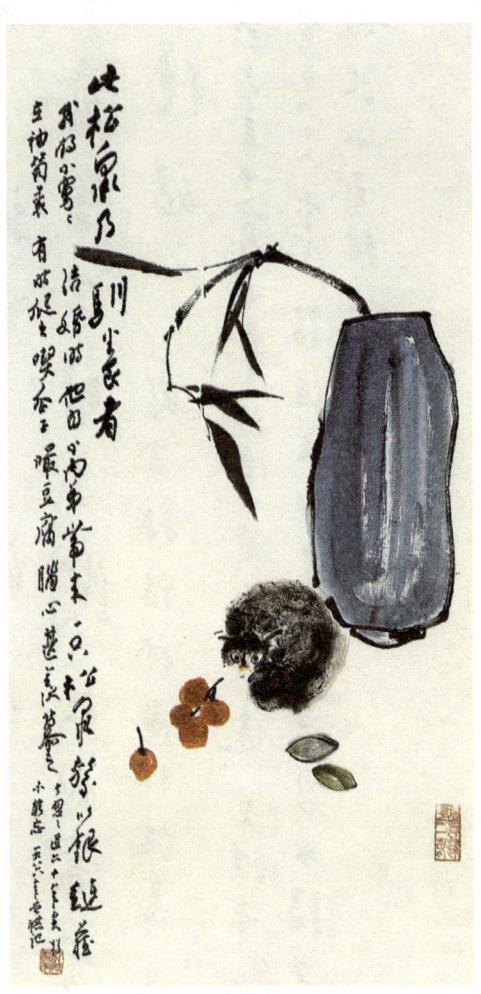

此松鼠乃驯养者。我的小舅舅结婚时,他的小内弟带来一只松鼠,系以银链藏在袖筒里,有时爬出吃瓜子喂豆腐脑,心甚羡慕。今忽忽近六十年矣,犹不能忘。

一九八六年　曾祺记

书法家。刘炳森的字我在京西宾馆看过两个条幅，隶书，规规矩矩，笔也提得起，是汉隶，很不错。但是他写的招牌笔却是扁的，完全如包世臣所说"毫铺纸上"，不知是写时即是这样，还是做招牌做成了这样？他的字常被用氧化铝这类的金属贴面，表面平滑，锃光瓦亮，越发显得笔很扁。隶书是不宜用这样的"工艺"处理的。李铎的字我在卧龙冈武侯祠看到过一副对联，字很潇洒，用笔犹有晋人意（不知我有没有记错）。但他近年的字变了，用笔掠转，结体险怪，字有怒气。这种字写八尺甚至丈二匹的大横幅，很有气势，但作商店的招牌不甚相宜。抬头看见几个愤愤不平的大字，也许会使顾客望而却步。刘炳森和李铎的字在商业界似乎已经产生一种迷信，似乎有了这样的字的招牌，这个买卖才算个像样的买卖，有如过去上海的银楼、绸缎庄都得请武进唐驼写一块匾，天津则粮食店、南货店都得请华世奎写一样。刘炳森和李铎应该意识到自己的社会责任，除了照顾老板、经理的商业心理（他们的字写成某种样子可能受了买主的怂恿），也照顾一下市民的审美心理。你们有没有意识到，你们的字对北京的市容是有影响的？

北京街上字多，而且越来越大，五颜六色，金光闪闪，这反映了北京人的一种浮躁的文化心理。希望北京的字少一点，小一点，写得好一点，使人有安定感，从容感。这问题的重要性不下于加强绿化。

载一九八八年六月五日《光明日报》

"无事此静坐"

我的外祖父治家整饬,他家的房屋都收拾得很清爽,窗明几净。他有几间空房,檐外有几棵梧桐,室内木榻、漆桌、藤椅。这是他待客的地方。但是他的客人很少,难得有人来。这几间房子是朝北的,夏天很凉快。南墙挂着一条横幅,写着五个正楷大字:

无事此静坐

我很欣赏这五个字的意思。稍大后,知道这是苏东坡的诗,下面的一句是:"一日当两日。"

事实上,外祖父也很少到这里来。倒是我常常拿了一本闲书,悄悄走进去,坐下来一看半天,看起来,我小小年纪,就已经有一点隐逸之气了。

静,是一种气质,也是一种修养。诸葛亮云:"非淡泊无以明志,非宁静无以致远。"心浮气躁,是成不了大气候的。静是要经过锻炼的，古人叫做"习静"。唐人诗云："山中习静观朝槿，松下清斋折露葵。""习静"可能是道家的一种功夫，习于安静确实是生活于扰攘的尘世中人所不易做到的。静，不是一味地孤寂，不闻世事。我很欣赏宋儒的诗："万物静观皆自得，四时佳兴与人同。"唯静，才能观照万物，对于人间生活充满盎然的兴致。静是顺乎自然，也是合乎人道的。

世界是喧闹的。我们现在无法逃到深山里去，唯一的办法是闹中取静。毛主席年轻时曾采取了几种锻炼自己的方法，一种是"闹市读书"，把自己的注意力高度集中起来，不受外界干扰，我想这是可以做到的。

这是一种习惯，也是环境造成的。我下放张家口沙岭子农业科学研究所劳动，和三十几个农业工人同住一屋。他们吵吵闹闹，打着马锣唱山西梆子，我能做到心如止水，照样看书、写文章。我有两篇小说，就是在震耳的马锣声中写成的。这种功夫，多年不用，已经退步了，我现在写东西总还是希望有个比较安静的环境，但也不必一定要到海边或山边的别墅中才能构思。

大概有十多年了，我养成了静坐的习惯。我家有一对旧沙发，有几十年了。我每天早上泡一杯茶，点一支烟，坐在沙发里，坐一个多小时。虽是悠然独坐，然而浮想联翩。一些故人往事，一些声音、一些颜色、一些语言、一些细节，会逐渐在我的眼前清晰起来，生动起来。这样连续坐几个早晨，想得成熟了，就能落

文与画

汪曾祺散文31篇画作89幅

甚么？

60

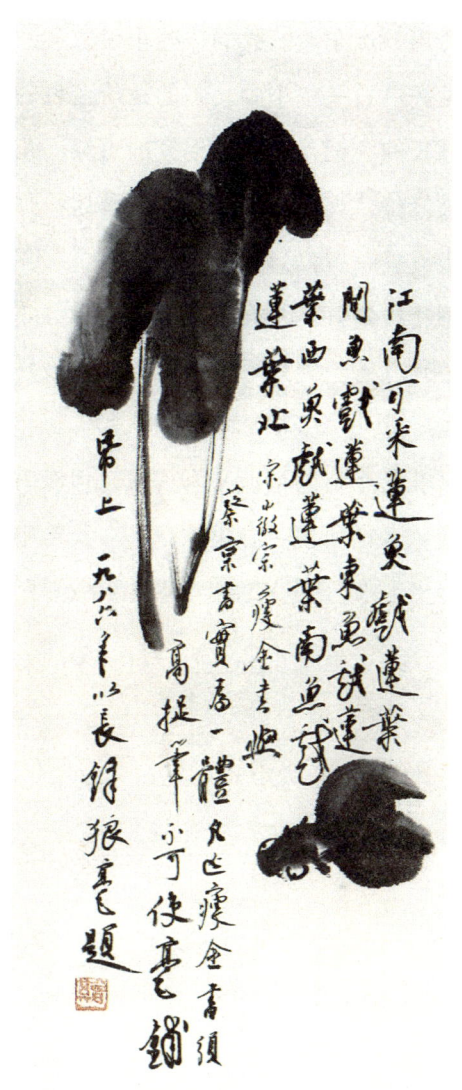

江南可采莲，鱼戏莲叶间。
鱼戏莲叶东，鱼戏莲叶西，
鱼戏莲叶南，鱼戏莲叶北。
宋徽宗瘦金书与蔡京书实为一体，凡作瘦金书须高提笔，不可使毫铺纸上。　一九八六年以长锋狼毫题

笔写出一点东西。我的一些小说散文，常得之于清晨静坐之中。曾见齐白石一幅小画，画的是淡蓝色的野藤花，有很多小蜜蜂，有颇长的题记，说这是他家的野藤，花时游蜂无数，他有个孙子曾被蜂螫，现在这个孙子也能画这种藤花了，最后两句我一直记得很清楚："静思往事，如在目底。"这段题记是用金冬心体写的，字画皆极娟好。"静思往事，如在目底"，我觉得这是最好的创作心理状态。就是下笔的时候，也最好心里很平静，如白石老人题画所说："心闲气静时一挥。"

　　我是个比较恬淡平和的人，但有时也不免浮躁，最近就有点如我家乡话所说"心里长草"。我希望政通人和，使大家能安安静静坐下来，想一点事，读一点书，写一点文章。

一九八九年八月十六日
载一九八九年十月十八日《消费时报》

沙岭子

我曾在沙岭子农业科学研究所下放劳动过四个年头——一九五八年至一九六一年。

沙岭子是京包线宣化至张家口之间的一个小站。从北京乘夜车，到沙岭子，天刚刚亮。从车上下来十多个旅客，四散走开了。空气是青色的。下车看看，有点凄凉。我以后请假回北京，再返沙岭子，每次都是乘的这趟车，每次下车，都有凄凉之感。

这是一个极其普通的小车站。四年中，我看到它无数次了，它总是那样。四年不见一点变化。照例是涂成浅黄色的墙壁，灰色板瓦盖顶，冷清清的。

靠站的客车一天只有几趟。过境的货车比较多。往南去的最常见的是大兴安岭下来的红松。其次是牲口，马、牛，大概来自坝上或内蒙古草原。这些牛马站在敞顶的车厢里，样子很温顺。往北去的常有现代化的机器，装在高大的木箱里，矗立着。有时有汽车，都是崭新的。小汽车的车头爬在前面小车的后座上，一

文与画

汪曾祺散文 31 篇画作 89 幅

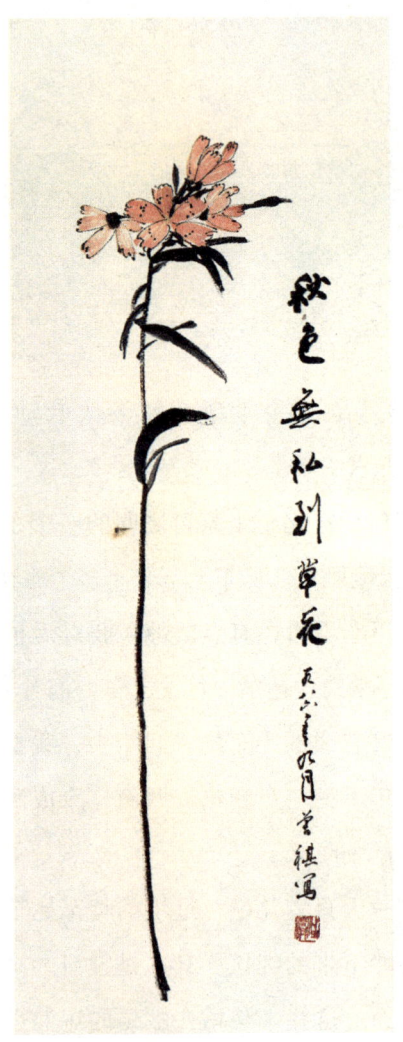

秋色无私到草花　一九八六年九月　曾祺写

辆搭着一辆，像一串甲虫。

运往沙岭子到站的货物不多。有时甩下一节车皮，装的是铁矿砂。附近有一个铁厂。铁矿砂堆在月台上。矿砂运走了，月台被染成了紫红色。有时卸一车石灰，月台就被染得雪白的。紫颜色、白颜色，被人们的鞋底带走了，过不几天，月台又恢复了原先的浅灰的水泥颜色。

从沙岭子起运的，只有石头。东边有一个采石场——当地叫做"片石山"，每天十一点半钟放炮崩山。山已经被削去一半了。

农科所原来的房子很好，疏疏朗朗，布置井然。迎面是一排青砖的办公室，整整齐齐。办公室后是一个空场。对面是种子仓库，房梁上挂了很多整株的作物良种。更后是食堂，再后是猪舍。东面是职工宿舍，有两间大的是单身合同工住的，每间可容三十人。我就在东边一间的一张木床上睡了将近三年，直到摘了右派帽子，结束劳动后，才搬到干部宿舍里，和一个姓陈的青年技术员合住一间。种子仓库西边有一条土路，略高出于地面。路之西，有一排矮矮的圆锥形的谷仓，状如蘑菇，工人们就叫它为"蘑菇仓库"，是装牲口饲料玉米豆的。蘑菇仓库以西，是马号。更西，是菜园、温室。农科所的概貌尽于此。此外，所里还有一片稻田，在沙岭子堡（镇）以南；有一片果园，在车站南。

头两年参加劳动，扎扎实实地劳动。大部分农活我差不多都干过。除了一些全所工人一齐出动的集中的突击性的活，如插秧、

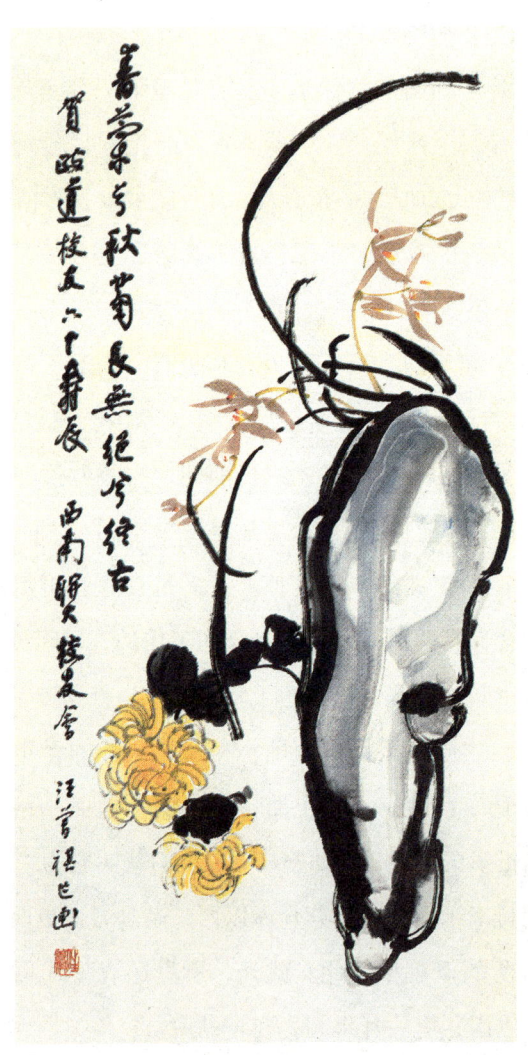

春兰兮秋菊,长无绝兮终古。 贺政道校友六十寿辰 西南联大校友会 汪曾祺作画

锄地、割稻子之外，我相对固定在果园干活。干得最多的是喷波尔多液。硫酸铜加石灰兑水，这就是波尔多液。果园一年不知道要喷多少次波尔多液，这是果树防病所必需的。梨树、苹果要喷，葡萄更是十天八天就得喷一回。果园有一本工作日记似的本本，记录每天干的活，翻开到处是"葡萄喷波尔多液"。这日记是由果园组组长填写的。不知道什么道理，这里的干部工人都把葡萄写成"芍芍"。两个字一样，为什么会读出两个字音呢？因为我喷波尔多液喷得细致，到后来这活都交给了我。波尔多液是天蓝色的，很漂亮。因为喷波尔多液的次数太多，我的几件白衬衫都变成浅蓝的了。

结束劳动后暂时无法分配工作，我就留在所里打杂，主要是画画。我曾参加过张家口地区农业展览会的美术工作，在画布或三合板上用水粉画白菜、萝卜、大葱、大蒜、短角牛、张北马。布置过一个超声波展览馆——那年不知怎么兴起了超声波，很多单位都试验这东西，好像这是一种增产的魔术。超声波怎么表现呢？这东西又看不见。我于是画了许多动物、植物、水产，农林牧副渔，什么都有，而在所有的画面上一律加了很多同心圆，表示这是超声波的振幅！我画过一套颇有学术价值的画册：《中国马铃薯图谱》。沽源有个马铃薯研究站，集中了全国各地的、各种品种的马铃薯。研究站归沙岭子农科所领导。领导研究，要出版一套图谱，绘图的任务交给了我。在马铃薯花盛开的时候，我

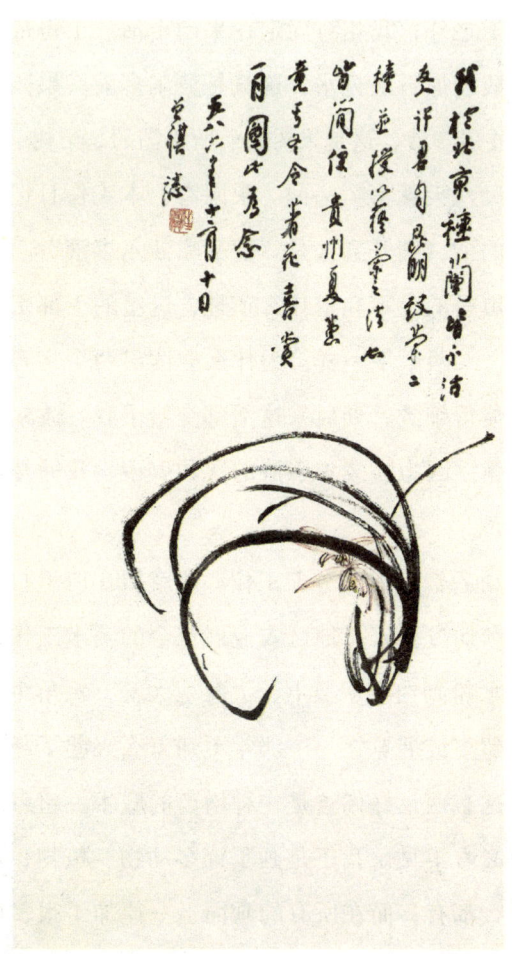

我于北京种兰皆不活,友人许君自昆明致兰二种,并授以艺兰之法,亦皆简便。贵州夏蕙竟于冬令着花,喜赏一月,图此为念。 一九八六年十二月十日 曾祺志坐上二饼子牛车到了沽源研究站。每天蹚着露水到地里掐一把花，几枝叶子，拿回办公室，插在玻璃杯里，照着画。我的工作实在是舒服透顶，不开会，不学习，没人管，自由自在，也没有指标定额，画多少算多少。画起来是不费事的。马铃薯的花大小只有颜色的区别，花形都一样；叶片也都差不多，有的尖一点，有的圆一点。花和叶子画完，画薯块。一个整个的马铃薯，一个剖面。画完一种薯块，我就把它放进牛粪火里烤熟了，吃掉。这里的马铃薯不下七八十种，每一种我都尝过。中国吃过那么多种马铃薯的人，大概不多。天冷了，马铃薯块还没有画完，有一部分是运到沙岭子画的。还是那样的舒服。一个人一间屋子，生一个炉子，画一块，在炉子上烤烤，吃掉。我还画过一套口蘑图谱，钢笔画。口蘑都是灰白色，不需要着色。

我就这样在沙岭子度过了四个年头。

一九八三年，我应张家口市文联之邀，去给当地青年作家讲过一次课。市文联的两个同志是曾和我同时下放沙岭子农科所劳动过的，他们为我安排的活动，自然会有一项：到沙岭子看看。吉普车开到农科所门前，下车看看，可以说是面目全非。盖了一座办公楼，是灰绿色的。我没有进去，但是觉得在里面办公是不舒服的，不如原先的平房宽敞豁亮。楼上下来一个人，是老王，我们过去天天见。老王见我们很亲热。他模样未变，但是苍老了。

他说起这些年的人事变化，谁得了癌症；谁受了刺激，变得糊涂了；谁病死了；谁在西边一棵树上上了吊死了，说不清是什么原因。他说起所里"文化大革命"的一些情况，说起我画的那套马铃薯图谱在"文化大革命"中毁了，很可惜。我在的时候，他是大学刚刚毕业，现在大概是室主任了。那时他还没有结婚，现在女儿已经上大学了。真是"昔别君未婚，儿女忽成行"。他原来是个很精神的小伙子，现在说话却颇有不胜沧桑之感。

老王领我们到后面去看看。原来的格局已经看不出多少痕迹。种子仓库没有了，蘑菇仓库没有了。新建了一些红砖的房屋，横七竖八。我们走到最后一排，是木匠房。一个木匠在干活，是小王！我住在工人集体宿舍的时候，小王的床挨着我的床。我在的时候，所里刚调他去学木匠，现在他已经是四级工，带两个徒弟了。小王已经有两个孩子。他说起他结婚的时候，碗筷还是我给他买的，锁门的锁也是我给他买的，这把锁他现在还在用着。这些，我可一点不记得了。

我们到果园看了看。果园可是大变样了。原来是很漂亮的，葱葱茏茏，蓬蓬勃勃。那么多的梨树。那么多的苹果。尤其是葡萄，一行一行，一架一架，整整齐齐，真是蔚为大观。葡萄有很多别处少见的名贵品种：白香蕉、柔丁香、秋紫、金铃、大粒白、白拿破仑、黑罕、巴勒斯坦……现在，仝都不见了。果园给我的感觉，是荒凉。我知道果树老了，需要更新，但何至于砍伐成这样呢？

有一些新种的葡萄，才一人高，挂了不多的果。

　　遇到一个熟人，在给葡萄浇水。我想不起他的名字了。他原来是猪倌，后来专管"下夜"，即夜间在所内各处巡看。这是个窝窝囊囊的人，好像总没有睡醒，说话含糊不清，而且他不爱洗脸。他的老婆跟他可大不一样，身材颀长挺拔，而且出奇的结实，我们背后叫她阿克西尼亚。老婆对他"死不待见"。有一天，我跟他一同下夜，他走到自己家门口，跟我说："老汪，你看着点，偓去闹渠一棰。"他是柴沟堡人。那里人说话很奇怪，保留了一些古音。"偓"即我（像客家话），"渠"即她（像广东话）。"闹渠一棰"是搞她一次。他进了屋，老婆先是不答应，直骂娘。后来没有声音了。呆了一会儿，他出来了，继续下夜。我见了他，不禁想起那回事，问老王："他老婆还是不待见他吗？"老王说："他们已经有了两个孩子了。"我很想见见阿克西尼亚，不知她现在是什么样子。

　　去看看稻田。

　　稻田挨着洋河。洋河相当宽，但是常常没有水，露出河底的大块卵石。水大的时候可以齐腰。不能行船，也无需架桥。两岸来往，都是徒涉。河南人过来，到河边，就脱了裤子，顶在头上，一步一步蹚着水。因此当地人揶揄之道："河南汉，咯吱咯吱两颗蛋。"

　　河南地薄而多山。天晴时，在稻田场上可以看到河南的大山，山是干山，无草木，山势险峻，皱皱褶褶，当地人说："像羊肚

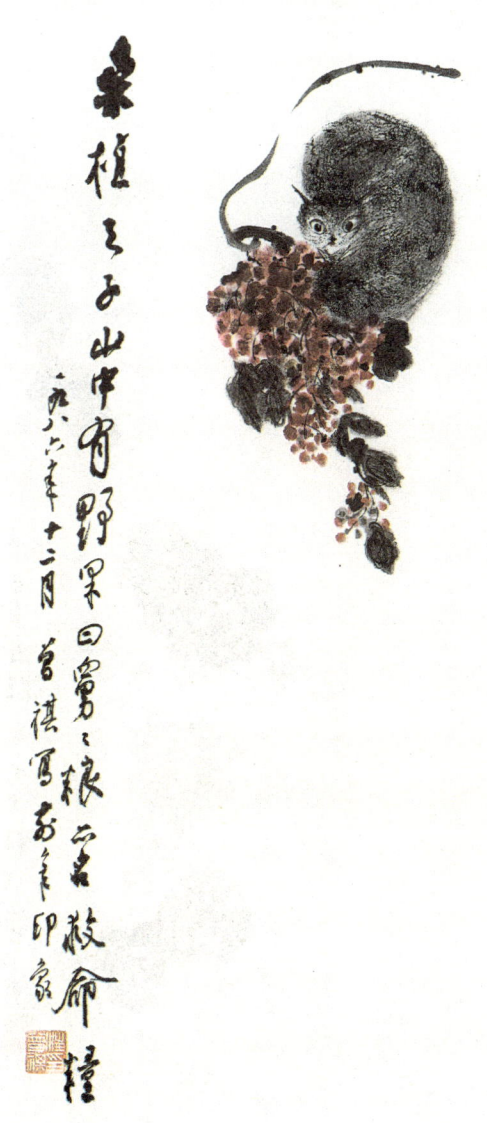

桑植天子山中有野果曰舅舅粮，亦名救命粮。 一九八六年十二月 曾祺写前年印象

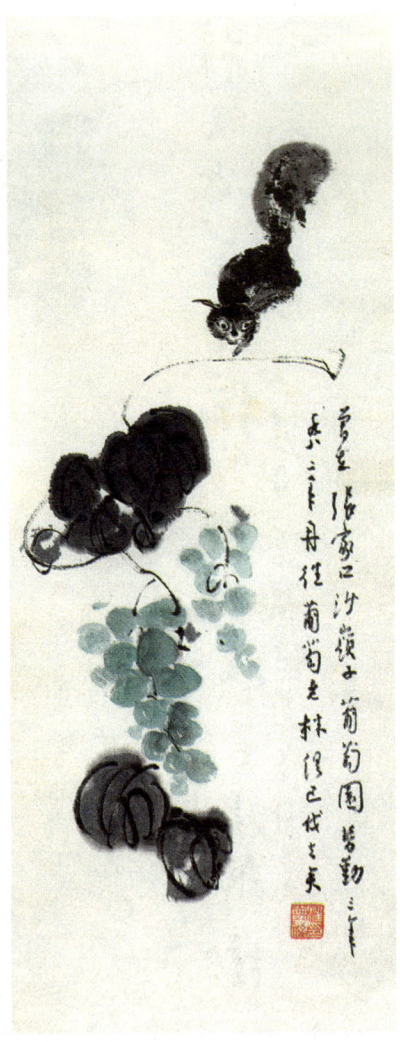

曾在张家口沙岭子葡萄园劳动三年。一九八二年再往,葡萄老株俱已伐去矣。

子似的。"形容得很贴切。

稻田倒还是那样。地块、田埂、水渠、渠上的小石桥、地边的柳树、柳树下一间土屋，土屋里有供烧开水用的锅灶，全都没有变。二十多年了，好像昨天我们还在这里插过秧，割过稻子。

稻田离所里比较远。到稻田干活，一般中午就不回所里吃饭了，由食堂送来。都是蒸莜面饸饹，疙瘩白熬山药，或是一人一块咸菜。我们就攥着狼吞虎咽起来。稻田里有很多青蛙。有一个同我们一起下放的同志，是浙江人。他捉了好些青蛙，撕了皮，烧一堆稻草火，烤田鸡吃。这地方的人是不吃田鸡的，有几个孩子问："这东西好吃？"他们尝了一个："好吃好吃！"于是七手八脚捉了好多，大家都来烤田鸡，不知是谁，从土屋里翻出一碗盐，烤田鸡蘸盐水，就莜面，真是美味。吃完了，各在柳荫下找个地方躺下，不大一会儿，都睡着了。

在水渠上看见渠对面走来两个女的，是张素花和刘美兰。我过去在果园经常跟她们一起干活。我大声叫她们的名字。刘美兰手搭凉棚望了一眼，问："是不是老汪？"

"就是！"

"你咋会来了？"

"来看看。"

"一下来家吃饭。"

"不了，我要回张家口，下午有个会。"

"没事儿来!"

"来!——你和你丈夫还打架吗?"

刘美兰和丈夫感情不好,丈夫常打她,有一次把她的小手指都打弯了。

"都当了奶奶了!"

刘美兰和张素花不知道说了什么,两个人嘻嘻笑着,走远了。

重回沙岭子,我似乎有些感触,又似乎没有。这不是我所记忆、我所怀念的沙岭子,也不是我所希望的沙岭子。然而我所希望的沙岭子又应是什么样子的呢?我也说不出。我只是觉得这一代的人都糊里糊涂地老了。是可悲也。

载一九九〇年第三期《作家》

七十书怀

六十岁生日，我曾经写过一首诗：

> 冻云欲湿上元灯，
> 漠漠春阴柳未青。
> 行过玉渊潭畔路，
> 去年残叶太分明。

这不是"自寿"，也没有"书怀"，"即事"而已。六十岁生日那天一早，我按惯例到所居近处的玉渊潭遛了一个弯，所写是即目所见。为什么提到上元灯？因为我的生日是旧历的正月十五。据说我是日落酉时诞生，那么正是要"上灯"的时候。沾了元宵节的光，我的生日总不会忘记。但是小时不做生日，到了那天，我总是鼓捣一个很大的、下面安四个轱辘的兔子灯，晚上牵了自制的兔子灯，里面插了蜡烛，在家里厅堂过道里到处跑，

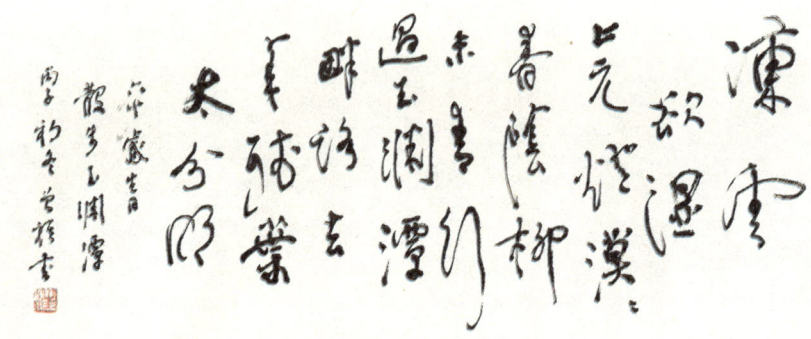

冻云欲湿上元灯,漠漠春阴柳未青。行过玉渊潭畔路,去年残叶太分明。
六十岁生日散步玉渊潭　丙子初冬曾祺书

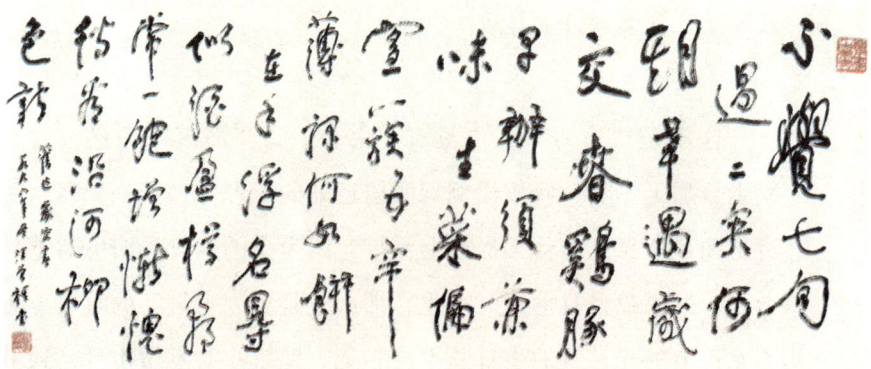

不觉七旬过二矣,何期幸遇岁交春。鸡豚早办须兼味,生菜偏宜簇五辛。
薄禄何如饼在手,浮名得似酒盈樽。寻常一饱增惭愧,待看沿河柳色新。
旧作岁交春　一九九六年冬　汪曾祺书

尚有三年方七十，
看花犹喜眼双明。
劳生且读闲居赋，
少小曾谙陋室铭。
弄笔偶成书四卷，
浪游数得路千程。
至今仍作儿时梦，
自在飞腾遍体轻。
六十七岁生日　曾祺自寿

有时还要牵到相熟的店铺中去串门。我没有"今天是我的生日"的意识，只是觉得过"灯节"（我们那里把元宵叫做"灯节"）很好玩。十九岁离乡，四方漂泊，过什么生日！后来在北京安家，孩子也大了，家里人对我的生日渐渐重视起来，到了那天，总得"表示"一下。尤其是我的孙女和外孙女，她们对我的生日比别人更为热心，因为那天可以吃蛋糕。六十岁是个整寿，但我觉得无所谓。诗的后两句似乎有些感慨，因为这时"文化大革命"过去不久，容易触景生情，但是究竟有什么感慨，也说不清。那天是阴天，好像要下雪，天气其实是很舒服的，诗的前两句隐隐约约有一点喜悦。总之，并不衰瑟，更没有过一年少一年这样的颓唐的心情。

一晃，十年过去了，我七十岁了。七十岁生日那天写了一首《七十书怀出律不改》：

> 悠悠七十犹耽酒，
> 惟觉登山步履迟。
> 书画萧萧余宿墨，
> 文章淡淡忆儿时。
> 也写书评也作序，
> 不开风气不为师。
> 假我十年闲粥饭，
> 未知留得几囊诗。

这需要加一点注解。

中国人的平均寿命比以前增高多了。我记得小时候看家里大人和亲戚，过了五十，就是"老太爷"了。我祖父六十岁生日，已经被称为"老寿星"。"人生七十古来稀"，现在七十岁不算稀奇了。不过七十总是个"坎儿"。不知从什么时候起，别人对我的称呼从"老汪"改成了"汪老"。我并无老大之感。但从去年下半年，我一想我再没有六十几了，不免有一点紧张。我并不太怕死，但是进入七十，总觉得去日苦多，是无可奈何的事。所幸者，身体还好。去年年底，还上了一趟武夷山。武夷山是低山，但总是山。我一度心肌缺氧，一般不登山。这次到了武夷绝顶仙游，没有感到心脏有负担。看来我的身体比前几年还要好一些，再工作几年，问题不大。当然，上山比年轻人要慢一些。因此，去年下半年偶尔会有的紧张感消失了。

我的写字画画本是遣兴自娱而已，偶尔送一两件给熟朋友。后来求字求画者渐多。大概求索者以为这是作家的字画，不同于书家画家之作，悬之室中，别有情趣耳，其实，都是不足观的。我写字画画，不暇研墨，只用墨汁。写完画完，也不洗砚盘色碟，连笔也不涮。下次再写，再画，加一点墨汁。"宿墨"是纪实。今年（一九九〇）一月十五日，画水仙金鱼，题了两句诗：

宜入新春未是春，

残笺宿墨隔年人。

这幅画的调子是灰的,一望而知用的是宿墨。用宿墨,只是懒,并非追求一种风格。

有一个文学批评用语我始终不懂是什么意思,叫做"淡化"。淡化主题、淡化人物、淡化情节,当然,最终是淡化政治。"淡化"总是不好的。我是被有些人划入淡化一类了的,我所不懂的是:淡化,是本来是浓的,不淡的,或应该是不淡的,硬把它化得淡了。我的作品确实是比较淡的,但它本来就是那样,并没有经过一个"化"的过程。我想了想,说我淡化,无非是说没有写重大题材,没有写性格复杂的英雄人物,没有写强烈的,富于戏剧性的矛盾冲突。但这是我的生活经历,我的文化素养,我的气质所决定的。我没有经历过太多的波澜壮阔的生活,没有见过咤叱风云的人物,你叫我怎么写?我写作,强调真实,大都有过亲身感受,我不能靠材料写作。我只能写我所熟悉的平平常常的人和事,或者如姜白石所说"世间小儿女"。我只能用平平常常的思想感情去了解他们,用平平常常的方法表现他们。这结果就是淡。但是"你不能改变我",我就是这样,谁也不能下命令叫我照另外一种样子去写。我想照你说的那样去写,也办不到。除非把我回一次炉,重新生活一次。我已经七十岁了,回炉怕是很难。前年《三月风》杂志发表我一篇随笔,请丁聪同志画了我一幅漫画头像,编辑部

一九八五年十一月廿一日　曾祺
以宿墨画此，年六十五岁。

少年不识愁滋味　一九八七年　曾祺试宣安纸

要我自己题几句话，题了四句诗：

> 近事模糊远事真，
> 双眸犹幸未全昏。
> 衰年变法谈何易，
> 唱罢莲花又一春。

《绣襦记·教歌》两个叫花子唱的"莲花落"有句"一年春尽又是一年春"，我很喜欢这句唱词。七十岁了，只能一年又一年，唱几句莲花落。

《七十书怀出律不改》，"出律"指诗的第五六两句失粘，并因此影响最后两句平仄也颠倒了。我写的律诗往往有这种情况，五六两句失粘。为什么不改？因为这是我要说的主要两句话，特别是第六句，所书之怀，也仅此耳。改了，原意即不妥帖。

我是赞成作家写评论的，也爱看作家所写的评论。说实在的，我觉得评论家所写的评论实在有点让人受不了。结果是作法自毙。写评论的差事有时会落到我的头上。我认为评论家最让人受不了的，是他们总是那样自信。他们像我写的小说《鸡鸭名家》里的陆长庚一样，一眼就看出这只鸭是几斤几两，这个作家该打几分。我觉得写评论是非常冒险的事：你就能看得那样准？我没有这样的自信。人到一定岁数，就有为人写序的义务。我近年写了一些序。

去年年底就写了三篇，真成了写序专家。写序也很难，主要是分寸不好掌握，深了不是，浅了不是。像周作人写序那样，不着边际，是个办法。但是，一，我没有那样大的学问；二，丝毫不涉及所序的作品，似乎有欠诚恳。因此，临笔踌躇，煞费脑筋。好像是法郎士说过："关于莎士比亚，我所说的只是我自己。"写书评、写序，实际上是写写书评、写序的人自己。借题发挥，拿别人来"说事"，当然不太好，但是书评和序里总会流露出本人的观点，本人的文学主张。我不太希望我的观点、主张被了解，愿意和任何人保持一定的距离；但是自设屏障，拒人千里，把自己藏起来，完全不让人了解，似也不必。因此，"也写书评也作序"。

"不开风气不为师"，是从龚定庵的诗里套出来的。龚定庵的原句是："但开风气不为师。"龚定庵的诗貌似谦虚，实很狂傲。——龚定庵是谦虚的人么？但是龚定庵是有资格说这个话的。他确实是个"开风气"的。他的带有浓烈的民主色彩的个性解放思想撼动了一代人，他的宗法公羊家的奇崛矫矢的文体对于当时和后代都起了很大的影响。他的思想不成体系，不立门户，说是"不为师"倒也是对的。近四五年，有人说我是这个那个流派的始作俑者，这很出乎我的意外。我从来没有想到提倡什么，我绝无"来吾导乎先路也"的气魄，我只是"悄没声地"自己写一点东西而已。有一些青年作家受了我的影响，甚至有人有意地学我，这情况我是知道的。我要诚恳地对这些青年作家说：不要这样。第一，不要"学"任何人。第二,不要学我。我希望青年作家在起步的时候写得新一点,怪一点,朦胧一点,荒诞一点,狂妄一点,不要过早地归于平淡。三四十岁就写得很淡,那,到我这样的年龄,怕就什么也没有了。这个意思,我在几篇序文中都说到,是真话。

看相的说我能活九十岁,那太长了!不过我没有严重的器质性的病,再对付十年,大概还行。我不愿当什么"离休干部",活着,就还得做一点事。我希望再出一本散文集,一本短篇小说集,把《聊斋新义》写完,如有可能,把酝酿已久的长篇历史小说《汉武帝》写出来。这样,就差不多了。

七十书怀,如此而已。

一九九〇年二月二十四日

载一九九〇年第五期《现代作家》

写　字

　　写字总得从临帖开始。我比较认真地临过一个时期的帖，是在十多岁的时候，大概是小学五年级、六年级和初中一年级的暑假。我们那里，那样大的孩子"过暑假"的一个主要内容便是读古文和写字。一个暑假，我从祖父读《论语》，每天上午写大、小字各一张，大字写《圭峰碑》，小字写《闲邪公家传》，都是祖父给我选定的。祖父认为我写字用功，奖给了我一块猪肝紫的端砚和十几本旧拓的字帖；我印象最深的是一本褚河南的《圣教序》。这些字帖是一个败落的世家夏家卖出来的。夏家藏帖很多，我的祖父几乎全部买了下来。一个暑假，从一个姓韦的先生学桐城派古文、写字。韦先生是写魏碑的，他让我临的却是《多宝塔》。一个暑假读《古文观止》、唐诗，写《张猛龙》。这是我父亲的主意。他认为得写写魏碑，才能掌握好字的骨力和间架。我写《张猛龙》，用的是一种稻草做的纸——不是解人便用的草纸，很大，有半张报纸那样大，质地较草纸紧密，但是表面相当粗。这种纸

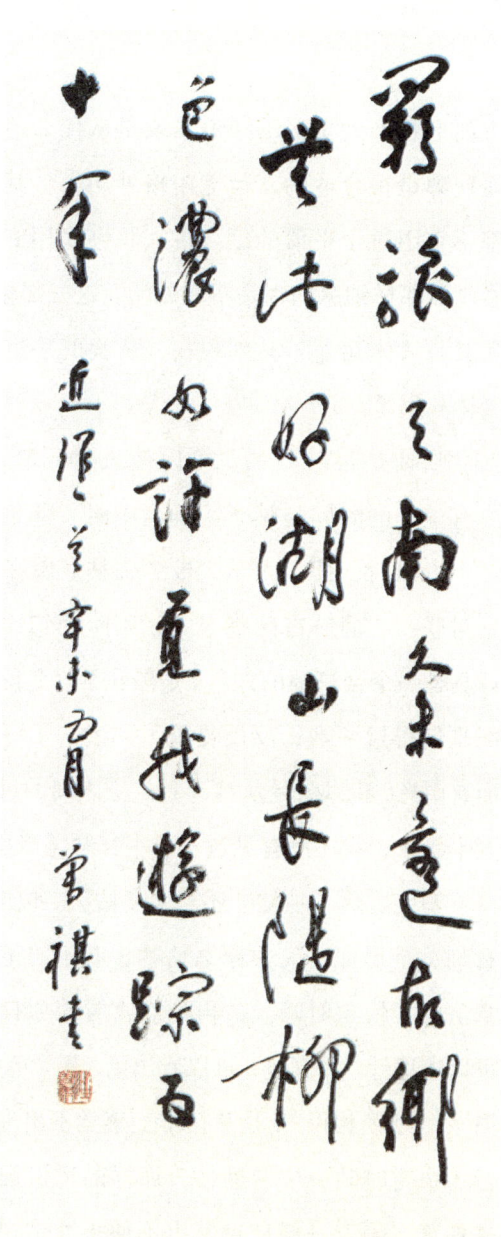

羁旅天南久未还,
故乡无此好湖山。
长堤柳色浓如许,
觅我游踪五十年。
近作一首　辛未五月　曾祺书

市面上看不到卖，不知道父亲是从什么地方买来的。用这种粗纸写魏碑是很合适的，运笔需格外用力。其实不管写什么体的字，都不宜用过于平滑的纸。古人写字多用麻纸，是不平滑的。像澄心堂纸那样细腻的，是不多见的。这三部帖，给我的字打了底子，尤其是《张猛龙》。到现在，从我的字里还可以看出它的影响，结体和用笔。

临帖是很舒服的，可以使人得到平静。初中以后，我就很少有整桩的时间临帖了。读高中时，偶尔临一两张，一曝十寒。二十岁以后，读了大学，极少临帖。曾在昆明一家茶叶店看到一副对联："静对古碑临黑女，闲吟绝句比红儿。"这副对联的作者真是一个会享福的人。《张黑女》的字我很喜欢，但是没有临过，倒是借得过一本，反反复复，"读"了好多遍。《张黑女》北书而有南意，我以为是从魏碑到二王之间的过渡。这种字体很难把握，五十年来，我还没有见过一个书家写《张黑女》而能得其仿佛的。

写字，除了临帖，还需"读帖"。包世臣以为读帖当读真迹，石刻总是形似，失去原书精神，看不出笔意，固也。试读《三希堂法帖·快雪时晴》，再到故宫看看原件，两者比较，相去真不可以道里计。看真迹，可以看出纸、墨、笔之间的关系。尤其是"运墨"；"纸墨相得"，是从拓本上感觉不出来的。但是真迹难得看到，像《快雪时晴》《奉橘帖》那样的稀世国宝，故宫平常也不拿出来展览。隔着一层玻璃，也不便揣摩谛视。求其次，则可看看珂

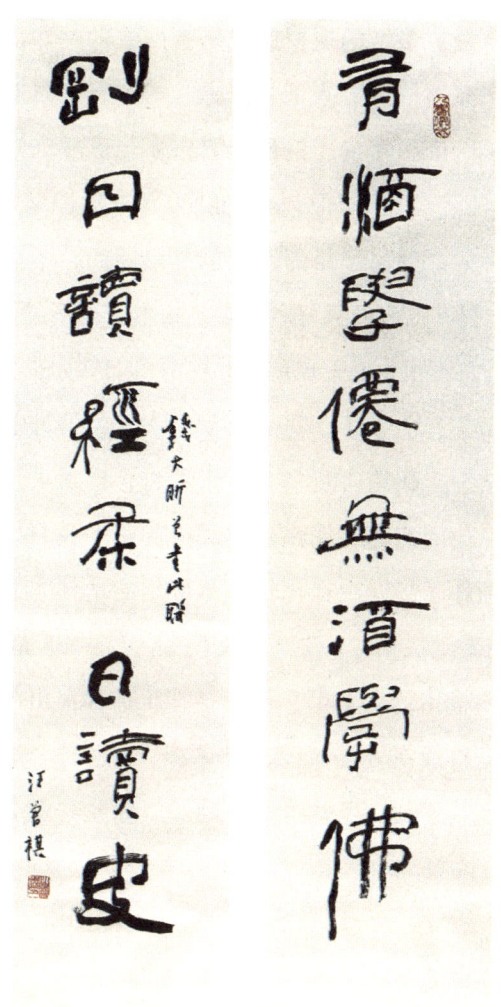

有酒学仙无酒学佛　刚日读经柔日读史
钱大昕曾书此联　汪曾祺

罗版影印的原迹。多细的珂罗版也是有网纹的，印出来的字多浅淡发灰，不如原书的沉着入纸。但是，毕竟慰情聊胜无，比石刻拓本要强得多。读影印的《祭侄文》，才知道颜真卿的字是从二王来的，流畅潇洒，并不都像《麻姑仙坛》那样见棱见角的"方笔"；看《兴福寺碑》，觉赵子昂的用笔也是很硬的，不像坊刻应酬尺牍那样柔媚。再其次，便只好看看石刻拓本了。不过最好要旧拓。从前旧拓字帖并不很贵，逛琉璃厂，挟两本旧帖回来，不是难事。现在可不得了了！前十年，我到一家专卖碑帖的铺子里，见有一部《淳化阁帖》，我请售货员拿下来看看，售货员站着不动，只说了个价钱。他的意思我明白：你买得起吗？我只好向他道歉："那就不麻烦你了！"现在比较容易得到的丛帖是北京日报出版社影印的《三希堂法帖》。乾隆本的《三希堂法帖》是浓墨乌金拓。我是不喜欢乌金拓的，太黑，且发亮。北京日报出版社用重磅铜版纸印，更显得油墨堆浮纸面，很"暴"。而且分装四大厚册，很重，展玩极其不便。不过能有一套《三希堂法帖》已属幸事，还有什么话可说呢？

《三希堂法帖》收宋以后的字很多。对于中国书法的发展，一向有两种对立的意见。一种以为中国的书法，一坏于颜真卿，二坏于宋四家；一种以为宋人书是一个重要的突破。宋人宗法二王，而不为二王所囿，用笔洒脱，显出各自的个性和风格。有人一辈子写晋人书体，及读宋人帖，方悟用笔。我觉两种意见都有道理。

但是，二王书如清炖鸡汤，宋人书如棒棒鸡。清炖鸡汤是真味，但是吃惯了麻辣的川味，便觉得什么菜都不过瘾。一个人多"读"宋人字，便会终身摆脱不开，明知趣味不高，也没有办法。话又说回来，现在书家中标榜写二王的，有几个能不越雷池一步的？即便是沈尹默，他的字也明显地看出有米字的影响。

"宋四家"指苏（东坡）、黄（山谷）、米（芾）、蔡。"蔡"本指蔡京，但因蔡京人品不好，遂以蔡襄当之。早就有人提出这个排列次序不公平。就书法成就说，应是蔡、米、苏、黄。我同意。我认为宋人书法，当以蔡京为第一。北京日报出版社《三希堂法帖与书法家小传》（卷二），称蔡京："字势豪健，痛快沉着，严而不拘，逸而不外规矩。比其从兄蔡襄书法，飘逸过之，一时各书家，无出其左右者。""……但因人品差，书名不为世人所重。"我以为这评价是公允的。

这里就提出一个多年来缠夹不清的问题：人品和书品的关系。一种很有势力的意见以为，字品即人品，字的风格是人格的体现。为人刚毅正直，其书乃能挺拔有力。典型的代表人物是颜真卿。这不能说是没有道理，但是未免简单化。有些书法家，人品不能算好，但你不能说他的字写得不好，如蔡京，如赵子昂，如董其昌，这该怎么解释？历来就有人贬低他们的书法成就。看来，用道德标准、政治标准代替艺术标准，是古已有之的。看来，中国的书法美学、书法艺术心理学，得用一个新的观点、新的方法来重新开始研究。简单从事,是有害的。

蔡京字的好处是放得开,《与节夫书帖》《与宫使书帖》可以为证。写字放得开并不容易。书家往往于酒后写字,就是因为酒后精神松弛,没有负担,较易放得开。相传王羲之的《兰亭序》是醉后所写。苏东坡说要"酒气拂拂从指间出",才能写好字,东坡《答钱穆父诗》书后自题是"醉书"。万金跋此帖后云:

> 右军兰亭,醉时书也。东坡答钱穆父诗,其后亦题曰醉书。较之常所见帖大相远矣。岂醉者神全,故挥洒纵横,不用意于布置,而得天成之妙欤?不然则兰亭之传何其独盛也如此。

说得是有道理的。接连写几张字,第一张大都不好,矜持拘谨。大概第三四张较好,因为笔放开了。写得太多了,也不好,容易"野"。写一上午字,有一张满意的,就很不错了。有时一张都不好,也很别扭。那就收起笔砚,出去遛个弯儿去。写字本是遣兴,何必自寻烦恼。

一九九〇年七月十二日
载一九九〇年第十期《八小时以外》

我的祖父祖母

我的祖父名嘉勋，字铭甫。他的本名我只在名帖上见过。我们那里有个风俗，大年初一，多数店铺要把东家的名帖投到常有来往的别家店铺。初一，店铺是不开门的，都是天不亮由门缝里插进去。名帖是前两天由店铺的"相公"（学生）在一张一张八寸长、五寸宽的大红纸上用一个木头戳子蘸了墨汁盖上去的，楷书，字有核桃大。我有时也愿意盖几张。盖名帖使人感到年就到了。我盖一张，总要端详一下那三个乌黑的欧体正字：汪嘉勋，好像对这三个字很有感情。

祖父中过拔贡，是前清末科，从那以后就废科举改学堂了。他没有能考取更高的功名，大概是终身遗憾的。拔贡是要文章写得好的。听我父亲说，祖父的那份墨卷是出名的，那种章法叫做"夹凤股"。我不知道是该叫"夹凤"还是"夹缝"，当然更不知道是如何一种"夹"法。拔贡是做不了官的，功名道断，他就在家经营自己的产业。他是个创业的人。

用虚谷法　一九八八年新春　曾祺

我们家原是徽州人（据说全国姓汪的原来都是徽州人），迁居高邮，从我祖父往上数，才七代。祠堂里的祖宗牌位没有多少块。高邮汪家上几代功名似都不过举人，所做的官也只是"教谕""训导"之类的"学官"，因此，在邑中不算望族。我的曾祖父曾在外地坐过馆，后来做"盐票"亏了本。"盐票"亦称"盐引"，是包给商人销售官盐的执照，大概是近似股票之类的东西，我也弄不清做盐票怎么就会亏了，甚至把家产都赔尽了。听我父亲说，我们后来的家业是祖父几乎赤手空拳地创出来的。

创业不外两途：置田地，开店铺。

祖父手里有多少田，我一直不清楚。印象中大概在两千多亩，这是个不小的数目。但他的田好田不多。一部分在北乡，北乡田瘦，有的只能长草，谓之"草田"。年轻时他是亲自管田的，常常下乡。后来请人代管，田地上的事就不再过问。我们那里有一种人，专替大户人家管田产，叫做"田禾先生"。看青（估产）、收租、完粮、丈地……这也是一套学问。田禾先生大都是世代相传的。我们家的田禾先生姓龙，我们叫他龙先生。他给我留下颇深的印象，是因为他骑驴。我们那里的驴一般都是牵磨用，极少用来乘骑。龙先生的家不在城里，在五里坝。他每逢进城办事或到别的乡下去，都是骑驴。他的驴拴在檐下，我爱喂它吃粽子叶。龙先生总是关照我把包粽子的麻筋拣干净，说驴吃了会把肠子缠住。

祖父所开的店铺主要是两家药店，一家万全堂，在北市口，一家保全堂，在东大街。这两家药店过年贴的春联是祖父自撰的。万全堂是"万花仙掌露，全树上林春"，保全堂是"保我黎民，全登寿域"。祖父的药店信誉很好，他坚持必须卖"地道药材"。药店一般倒都不卖假药，但是常常不很地道。尤其是丸散，常言"神仙难识丸散"，连做药店的内行都不能分辨这里该用的贵重药料，麝香、珍珠、冰片之类是不是上色足量。万全堂的制药的过道上挂着一副金字对联，"修合虽无人见，存心自有天知"，并非虚语。我们县里有几个门面辉煌的大药店，店里的店员生了病，配方抓药，都不在本店，叫家里人到万全堂抓。祖父并不到店问事，一切都交给"管事"（经理）。只到每年腊月二十四，由两位管事挟了总账，到家里来，向祖父报告一年营业情况。因为信誉好，盈利是有保证的。我常到两处药店去玩，尤其是保全堂，几乎每天都去。我熟悉一些中药的加工过程，熟悉药材的形状、颜色、气味。有时也参加搓"梧桐子大"的蜜丸，碾药，摊膏药。保全堂的"管事"、"同事"（配药的店员）、"相公"（学生意未满师的）跟我关系很好。他们对我有一个很亲切的称呼，不叫我的名字，叫"黑少"——我小名叫黑子。我这辈子没有别人这样称呼过我。我的小说《异秉》写的就是保全堂的生活。

祖父是很有名的眼科医生。汪家世代都是看眼科的。他有一球眼药，有一个柚子大，黑咕隆咚的。祖父给人看了眼，开了方子，祖母就用一把大剪子从黑柚子的窟窿抠出耳屎大一小块，用纸包了交给病人，嘱咐病人用清水化开，用灯草点在眼里。这一球眼药不知道有多少年头了，据说很灵。祖父为人看眼病是不收钱也不受礼的。

中年以后，家道渐丰，但是祖父生活俭朴，自奉甚薄。他爱

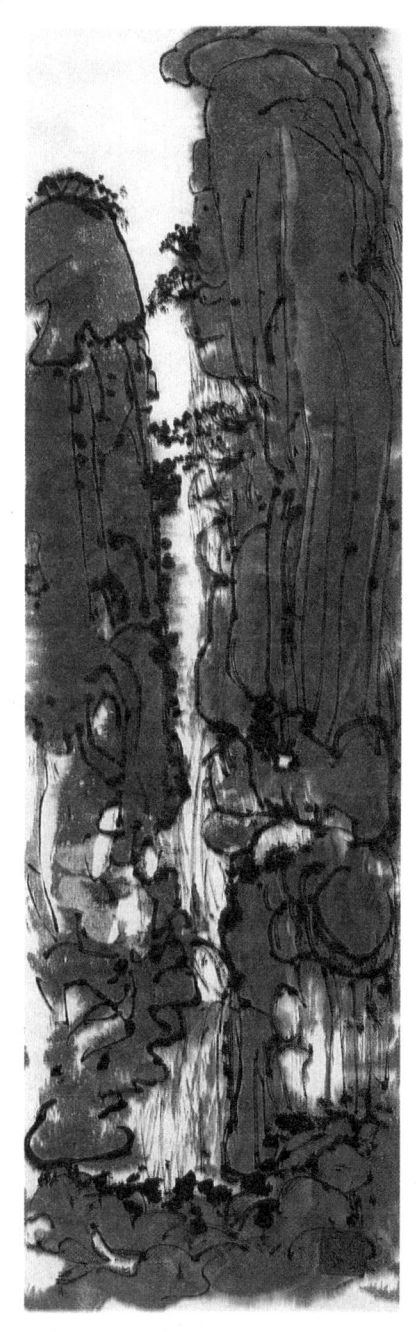

喝一点好茶,西湖龙井。饭食很简单。他总是一个人吃,在堂屋一侧放一张"马杌"——较大的方凳,便是他的餐桌。坐小板凳。他爱吃长鱼(鳝鱼)汤下面。面下在白汤里,汤里的长鱼捞出来便是酒菜——他每顿用一个五彩釉画公鸡的茶盅喝一盅酒。没有长鱼,就用咸鸭蛋下酒。一个咸鸭蛋吃两顿。上顿吃一半,把蛋壳上掏蛋黄蛋白的小口用一块小纸封起来,下顿再吃。他的马杌上从来没有第二样菜。喝了酒,常在房里大声背唐诗:"李白斗酒诗百篇,长安市上酒家眠。天子呼来不上船,自称臣是酒……中……仙……"汪铭甫的俭省,在我们县是有名的。

但是他曾有一个时期舍得花钱买古董字画。他有一套商代的彝鼎,是祭器。不大,但都有铭文。难得的是五件能配成一套。我们县里有钱人家办丧事,六七开吊,常来借去在供桌上摆一天。有一个大霁红花瓶,高可四尺,是明代物。一九八六年我回乡时,我的妹婿问我:"人家都说汪家有个大霁红花瓶,是有过么?"我说:"有过!"我小时天天看见,放在"老爷柜"(神案)上,不过我们并不觉得它有什么名贵,和老爷柜上的锡香炉烛台同等看待之。他有一个奇怪古董:浑天仪。不是陈列在南京紫金山天文台和北京观象台的那种大家伙,只是一个直径约四寸的铜的溜圆的圆球,上面有许多星星,下面有一个把,安在紫檀木座上。就放在他床前的小条桌上。我曾趴在桌上细细地看过,没有什么好看。是明代御造的。其珍贵处在一次一共只造了几个。祖父不

提前三日过六十八岁。

知是从哪里买来的。他还为此起了一个斋名"浑天仪室",让我父亲刻了一块长方形的图章。他有几张好画。有四幅马远的小屏条。他曾为这四张画亲自到苏州去,请有名的细木匠做了檀木框,把画嵌在里面。对这四幅画的真伪,我有点怀疑,画的构图颇满,不像"马一角"。但"年份"是很旧的。有一个高约八尺的绢地大中堂,画的是"报喜图"。一棵很大的柏树,树上有十多只喜鹊,下面卧着一头豹子。作者是吕纪。我小时候不知吕纪是何许人,只觉得画得很像,豹子的毛是一根一根都画出来的,真亏他有那么多工夫!这几幅画平常是不让人见的,只在他六十大寿时拿出来挂过。同时挂出来的字画,我记得有郑板桥的六尺大横幅,纸本，画的是兰花；陈曼生的隶书对联；汪琬的楷书对联。我对汪琬的对子很有兴趣，字很端秀，尤其是对子的纸，真好看，豆绿色的蜡笺。他有很多字帖，是一次从夏家买下来的。夏家是百年以上的大家，号"十八鹤来堂夏家"（据说堂建成时有十八只仙鹤飞来）。夏家的房屋极多而大，花园里有合抱的大桂花，有曲沼流泉，人称"夏家花园"。后来败落了，就出卖藏书字画。祖父把几箱字帖都买了。我小时候写的《圭峰碑》《闲邪公家传》，以及后来奖励给我的虞世南的《夫子庙堂碑》、褚遂良的《圣教序》、小字《麻姑仙坛》，都是初拓本，原是夏家的东西。祖父有两件宝。一是一块蕉叶白大端砚。据我父亲说，颜色正如芭蕉叶的背面。是夏之蓉的旧物。一是《云麾将军碑》，据说是个很早的拓本，海内无二。这两样东西祖父视为性命，每遇"兵荒"，就叫我父亲首先用油布包了埋起来。这两件宝物，我都没有看见过。解放后还在，现在不知下落。

我弄不清祖父的"思想"是怎么回事。他是幼读孔孟之书的，思想的基础当然是儒家。他是学佛的，在教我读《论语》的桌上有一函《南无妙法莲华经》。他是印光法师的弟子。他屋里的桌上放的两部书，一部是顾炎武的《日知录》，另一部是《红楼梦》！更不可理解的是，他订了一份杂志：邹韬奋编的《生活周刊》。

我的祖父本来是有点浪漫主义气质，诗人气质的，只是因为所处的环境，使他的个性不可能得到发展。有一年，为了避乱，

他和我父亲这一房住在乡下一个小庙里,即我的小说《受戒》所写的菩提庵里,就住在小说所写"一花一世界"那间小屋里。这样他就常常让我陪他说说闲话。有一天,他喝了酒,忽然说起年轻时的一段风流韵事,说得老泪纵横。我没怎么听明白,又不敢问个究竟。后来我问父亲:"是有那么一回事吗?"父亲说:"有!是一个什么大官的姨太太。"老人家不知为什么要跟他的孙子说起他的艳遇,大概他的尘封的感情也需要宣泄宣泄吧。因此我觉得我的祖父是个人。

我的祖母是谈人格的女儿。谈人格是同光间本县最有名的诗人,一县人都叫他"谈四太爷"。我的小说《徙》里所写的谈甓渔就是参照一些关于他的传说写的。他的诗我在小说《故里杂记·李三》的附注里引用过一首《警火》。后来又读了友人从旧县志里抄出寄来的几首。他的诗明白晓畅,是"元和体",所写多与治水、修坝、筑堤有关,是"为事而发",属闲适一类者较少。看来他是一个关心世务的明白人,县人所传关于他的糊涂放诞的故事不怎么可靠。

祖母是个很勤劳的人,一年四季不闲着。做酱。我们家吃的酱油都不到外面去买。把酱豆瓣加水熬透,用一个牛腿似的布兜子"吊"起来,酱油就不断由布兜的末端一滴一滴滴在盆里。这"酱油兜子"就挂在祖母所住房外的廊檐上。逢年过节,有客人,都是她亲自下厨。她做的鱼圆非常嫩。上坟祭祖的祭菜都是她做的。端午,包粽子。中秋洗"连枝藕"——藕得有五节,极肥白,

是供月亮用的。做糟鱼。糟鱼烧肉,我小时候不爱吃那种味儿,现在想起来是很好吃的东西。腌咸蛋。入冬,腌菜。腌"大咸菜",用一个能容五担水的大缸腌"青菜"。我的家乡原来没有大白菜,只有青菜,似油菜而大得多。腌芥菜。腌"辣菜"——小白菜晾去水分,入芥末同腌,过年时开坛,色如淡金,辣味冲鼻,极香美。自离家乡,我从来没吃过这么好吃的咸菜。风鸡——大公鸡不去毛,揉入粗盐,外包荷叶,悬之于通风处,约二十日即得,久则愈佳。除夕,要吃一顿"团圆饭",祖父与儿孙同桌。团圆饭必有一道鸭羹汤,鸭丁与山药丁、慈姑丁同煮。这是徽州菜。大年初一,祖母头一个起来,包"大圆子",即汤团。我们家的大圆子特别"油"。圆子馅前十天就以洗沙猪油拌好,每天放在饭锅头蒸一次,油都"吃"进洗沙里去了,煮出,咬破,满嘴油。这样的圆子我最多能吃四个。

祖母的针线很好。祖父的衣裳鞋袜都是她缝制的。祖父六十岁时,祖母给他做了几双"挖云子"的鞋——黑呢鞋面上挖出"云子",内衬大红薄呢里子。这种鞋我只在戏台上和古画上见过。老太爷穿上,高兴得像个孩子。祖母还会剪花样。我的小说《受戒》写小英子的妈赵大娘会剪花样,这细节是从我祖母身上借去的。

祖母对祖父照料得非常周到。每天晚上用一个"五更鸡"(一种点油的极小的炉子)给他炖大枣。祖父想吃点甜的,又没有牙,祖母就给他做花生酥——花生用饼槌碾细,掺绵白糖,在一个针箍子（即顶针）里压成一个个小圆糖饼。

祖母是吃长斋的。有一年祖父生了一场大病。她在佛前许愿，从此吃了长斋。她吃的菜离不了豆腐、面筋、皮子（豆腐皮）……她的素菜里最好吃的是香蕈饺子。香蕈（即冬菇）熬汤，荠菜馅包小饺子，油炸后倾入滚汤中，嗤拉一声。这道菜她一生中也没有吃过几次。

她没有休息的时候。没事时也总在捻麻线。一个牛拐骨，上面有个小铁钩，续入麻丝后，用手一转牛拐，就捻成了麻线。我不知道她捻那么多麻线干什么，肯定是用不完的。小时候读归有光的《先妣事略》，"孺人不忧米盐，乃劳苦若不谋夕"，觉得我的祖母就是这样的人。

祖母很喜欢我。夏天晚上，我们在天井里乘凉，她有时会摸着黑走过来，躺在竹床上给我"说古话"（讲故事）。有时她唱"偈"，声音哑哑的："观音老母站桥头……"这是我听她唱过的唯一的"歌"。

一九九一年十月，我回了一趟家乡，我的妹妹、弟弟说我长得像祖母。他们拿出一张祖母的六寸相片，我一看，是像，尤其是鼻子以下，两腮、嘴，都像。我年轻时没有人说过我像祖母。大概年轻时不像，现在，我老了，像了。

一九九一年一月二十二日
载一九九二年第四期《作家》

随遇而安

我当了一回右派,真是三生有幸。要不然我这一生就更加平淡了。

我不是一九五七年打成右派的,是一九五八年"补课"补上的,因为本系统指标不够。划右派还要有"指标",这也有点奇怪。这指标不知是一个什么人所规定的。

一九五七年我曾经因为一些言论而受到批判,那是作为思想问题来批判的。在小范围内开了几次会,发言都比较温和,有的甚至可以说很亲切。事后我还是照样编刊物,主持编辑部的日常工作,还随单位的领导和几个同志到河南林县调查过一次民歌。那次出差,给我买了一张软席卧铺车票,我才知道我已经享受"高干"待遇了。第一次坐软卧,心里很不安。我们在洛阳吃了黄河鲤鱼,随即到林县的红旗渠看了两三天。凿通了太行山,把漳河水引到河南来,水在山腰的石渠中活活地流着,很叫人感动。收集了不少民歌。有的民歌很有农民式的浪漫主义的想象,如想到将来渠

里可以有"水猪""水羊",想到将来少男少女都会长得很漂亮。上了一次中岳嵩山。这里运载石料的交通工具主要是用人力拉的排子车,特别处是在车上装了一面帆,布帆受风,拉起来轻快得多。帆本是船上用的,这里却施之陆行的板车上,给我十分新鲜的印象。我们去的时候正是桐花盛开的季节,漫山遍野摇曳着淡紫色的繁花,如同梦境。从林县出来,有一条小河。河的一面是峭壁,一面是平野,岸边密植杨柳,河水清澈,沁人心脾。我好像曾经见过这条河,以后还会看到这样的河。这次旅行很愉快,我和同志们也相处得很融洽,没有一点隔阂,一点别扭。这次批判没有使我觉得受了伤害,没有留下阴影。

一九五八年夏天,一天(我这人很糊涂,不记日记,许多事都记不准时间),我照常去上班,一上楼梯,过道里贴满了围攻我的大字报。要拔掉编辑部的"白旗",措辞很激烈,已经出现"右派"字样。我顿时傻了。运动,都是这样:突然袭击。其实背后已经策划了一些日子,开了几次会,做了充分的准备,只是本人还蒙在鼓里,什么也不知道。这可以说是暗算。但愿这种暗算以后少来,这实在是很伤人的。如果当时量一量血压,一定会猛然增高。我是有实际数据的。"文化大革命"中我一天早上看到一批侮辱性的大字报,到医务所量了量血压,低压110,高压170。平常我的血压是相当平稳正常的,90—130。我觉得卫生部应该发一个文件:为了保障人民的健康,不要再搞突然袭击式的政治运动。

　　开了不知多少次批判会。所有的同志都发了言。不发言是不行的。我规规矩矩地听着,记录下这些发言。这些发言我已经完全都忘了,便是当时也没有记住,因为我觉得这好像不是说的我,是说的另外一个别的人,或者是一个根本不存在的、假设的、虚空的对象。有两个发言我还留下印象。我为一组义和团故事写过一篇读后感,题目是《仇恨·轻蔑·自豪》。这位同志说:"你对谁仇恨?轻蔑谁?自豪什么?"我发表过一组极短的诗,其中有一首《早春》,原文如下:

　　　　(新绿是朦胧的,飘浮在树杪,完全不像是叶子⋯⋯)

远树绿色的呼吸。

批判的同志说：连呼吸都是绿的了，你把我们的社会主义社会污蔑到了什么程度？！听到这样的批判，我只有停笔不记，愣在那里。我想辩解两句，行么？当时我想：鲁迅曾说费厄泼赖应该缓行，现在本来应该到了可行的时候，但还是不行。中国大概永远没有费厄的时候。所谓"大辩论"，其实是"大辩认"，他辩你认。稍微辩解，便是"态度问题"。态度好，问题可以减轻；态度不好，加重。问题是问题，态度是态度，问题大小是客观存在，怎么能因为态度如何而膨大或收缩呢？许多错案都是因为本人为了态度好而屈认，而造成的。假如再有运动（阿弥陀佛，但愿真的不再有了），对实事求是、据理力争的同志应予表扬。

开了多次会，批判的同志实在没有多少可说的了。那两位批判"仇恨·轻蔑·自豪"和"绿色的呼吸"的同志当然也知道这样的批判是不能成立的。批判"绿色的呼吸"的同志本人是诗人，他当然知道诗是不能这样引申解释的。他们也是没话找话说，不得已。我因此觉得开批判会对被批判者是过关，对批判者也是过关。他们也并不好受。因此，我当时就对他们没有怨恨，甚至还有点同情。我们以前是朋友，以后的关系也不错。我记下这两个例子，只是说明批判是一出荒诞戏剧，如莎士比亚说，所有的上场的人都只是角色。

我在一篇写右派的小说里写过："写了无数次检查，听了无数次批判……她不再觉得痛苦，只是非常的疲倦。她想：定一个什么罪名，给一个什么处分都行，只求快一点，快一点过去，不要再开会，不要再写检查。"这是我的亲身体会。其实，问题只是那一些，只要写一次检查，开一次会，甚至一次会不开，就可以定案。但是不，非得开够了"数"不可。原来运动是一种疲劳战术，非得把人搞得极度疲劳，身心交瘁，丧失一切意志，瘫软在地上不可。我写了多次检查，一次比一次更没有内容，更不深刻，但是我知道，就要收场了，因为大家都累了。

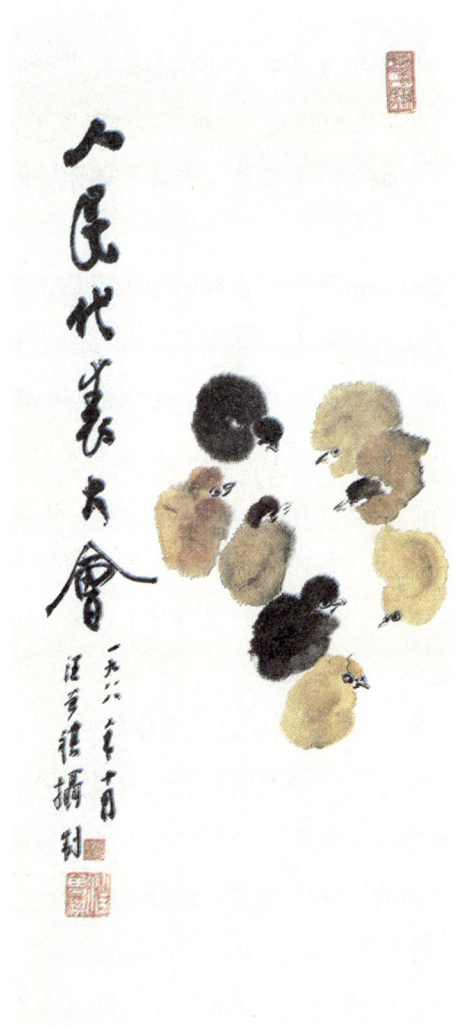

人民代表大会　一九八八年十月　汪曾祺摄制

结论下来了：定为一般右派，下放农村劳动。

我当时的心情是很复杂的。我在那篇写右派的小说里写道："……她带着一种奇怪的微笑。"我那天回到家里，见到爱人说，"定成右派了"，脸上就是带着这种奇怪的微笑的。我也不知道我为什么要笑。

我想起金圣叹。金圣叹在临刑前给人写信，说："杀头，至痛也，而圣叹于无意中得之，亦奇。"有人说这不可靠。金圣叹给儿子的信中说，"字谕大儿知悉，花生米与豆腐干同嚼，有火腿滋味"，有人说这更不可靠。我以前也不大相信，临刑之前，怎能开这种玩笑？现在，我相信这是真实的。人到极其无可奈何的时候，往往会生出这种比悲号更为沉痛的滑稽感，鲁迅说金圣叹"化屠夫的凶残为一笑"，鲁迅没有被杀过头，也没有当过右派，他没有这种体验。

另一方面，我又是真心实意地认为我是犯了错误，是有罪的，是需要改造的。我下放劳动的地点是张家口沙岭子。离家前我爱人单位正在搞军事化，受军事训练，她不能请假回来送我。我留了一个条子："等我五年，等我改造好了回来。"就背起行李，上了火车。

右派的遭遇各不相同，有幸有不幸。我这个右派算是很幸运的，没有受多少罪，我卜放的单位是一个地区性的农业科学研究所。所里有不少技师、技术员，所领导对知识分子是了解的，只是在

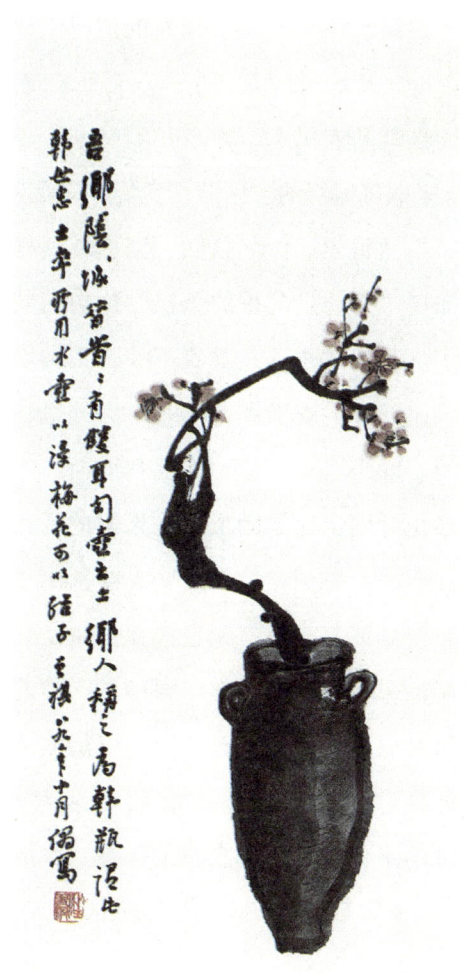

吾乡阴城昔时时有双耳陶壶出土,乡人称之为韩瓶,谓此韩世忠士卒所用水壶,以浸梅花可以结子　曾祺八九年十月偶写

干部和农业工人的组长一级介绍了我们的情况（和我同时下放到这里的还有另外几个人），并没有在全体职工面前宣布我们的问题。不少农业工人（也就是农民）不知道我们是来干什么的，只说是毛主席叫我们下来锻炼锻炼的。因此，我们并未受到歧视。

初干农活，当然很累。像起猪圈、刨冻粪这样的重活，真够一呛。我这才知道"劳动是沉重的负担"这句话的意义。但还是咬着牙挺过来了。我当时想：只要我下一步不倒下来，死掉，我就得拼命地干。大部分的农活我都干过，力气也增长了，能够扛一百七十斤重的一麻袋粮食稳稳地走上和地面成四十五度角那样陡的高跳。后来相对固定在果园上班。果园的活比较轻松，也比"大田"有意思。最常干的活是给果树喷波尔多液。硫酸铜加石灰，兑上适量的水，便是波尔多液，颜色浅蓝如晴空，很好看。喷波尔多液是为了防治果树病害，是常年要喷的。喷波尔多液是个细致活，不能喷得太少，太少了不起作用；不能太多，太多了果树叶子挂不住，流了。叶面、叶背都得喷到。许多工人没这个耐心，于是喷波尔多液的工作大部分落在我的头上，我成了喷波尔多液的能手。喷波尔多液次数多了，我的几件白衬衫都变成了浅蓝色。

我们和农业工人干活在一起，吃住在一起。晚上被窝挨着被窝睡在一铺大炕上。农业工人在枕头上和我说了一些心里话，没有顾忌。我这才比较切近地观察了农民，比较知道中国的农村，中国的农民是怎么一回事。这对我确立以后的生活态度和写作态

雨打梨花深闭门

度是很有好处的。

　　我们在下面也有文娱活动。这里兴唱山西梆子（中路梆子），工人里不少都会唱两句。我去给他们化装。原来唱旦角的都是用粉妆——鹅蛋粉、胭脂、黑锅烟子描眉。我改成用戏剧油彩，这比粉妆要漂亮得多。我勾的脸谱比张家口专业剧团的"黑"（山西梆子谓花脸为"黑"）还要干净讲究。遇春节，沙岭子堡（镇）闹社火，几个年轻的女工要去跑旱船，我用油底浅妆把她们一个个打扮得如花似玉，轰动一堡，几个女工高兴得不得了。我们和几个职工还合演过戏，我记得演过的有小歌剧《三月三》、崔嵬的独幕话剧《十六条枪》。一年除夕，在"堡"里演话剧，海报上特别标出一行字：

　　台上有布景

　　这里的老乡还没有见过个布景。这布景是我们指导着一个木工做的。演完戏，我还要赶火车回北京。我连装都没卸干净，就上了车。

　　一九五九年底给我们几个人作鉴定，参加的有工人组长和部分干部。工人组长一致认为：老汪干活不藏奸，和群众关系好，"人性"不错，可以摘掉右派帽子。所领导考虑，才下来一年，太快了，再等一年吧。这样，我就在一九六〇年在交了一个思想总结后，经所领导宣布：摘掉右派帽子，结束劳动。暂时无接收单位，在本所协助工作。

　　我的"工作"主要是画画。我参加过地区农展会的美术工作（我用多种土农药在展览牌上粘贴出一幅很大的松鹤图，色调古雅，这里的美术中专的一位教员曾特别带着学生来观摩）；我在所里布置过"超声波展览馆"（"超声波"怎样用图像表现？声波是看不见的，没有办法，我就画了农林牧副渔多种产品，上面一律用圆规蘸白粉画了一圈又一圈同心圆）。我的"巨著"，是画了一套《中国马铃薯图谱》。这是所里给我的任务。

　　这个所有一个下属单位"马铃薯研究站"，设在沽源。为什么设在沽源？沽源在坝上，是高寒地区（有一年下大雪，沽源西门外的积雪跟城墙一般高）。马铃薯本是高寒地带的作物。马铃薯在南方种几年，就会退化，需要到坝上调种。沽源是供应全国薯种的基地，研究站设在这里，理所当然。这里集中了全国各地、各个品种的马铃薯，不下百来种。我在张家口买了纸、颜色、笔，带了在沙岭子新华书店买得的《癸巳类稿》《十驾斋养新录》和两册《容斋随笔》（沙岭子新华书店进了这几种书也很奇怪，如果不是我买，大概永远也卖不出去），就坐长途汽车，奔向沽源，其时在八月下旬。

我在马铃薯研究站画《图谱》，真是神仙过的日子。没有领导，不用开会，就我一个人，自己管自己。这时正是马铃薯开花，我每天蹚着露水，到试验田里摘几丛花，插在玻璃杯里，对着花描画。我曾经给北京的朋友写过一首长诗，叙述我的生活。全诗已忘，只记得两句：

坐对一丛花，

眸子炯如虎。

下午，画马铃薯的叶子。天渐渐凉了，马铃薯陆续成熟，就开始画薯块。画一个整薯，还要切开来画一个剖面，一块马铃薯画完了，薯块就再无用处，我于是随手埋进牛粪火里，烤烤，吃掉。

我敢说，像我一样吃过那么多品种的马铃薯的，全国盖无第二人。

沽源是绝塞孤城。这本来是一个军台。清代制度，大臣犯罪，往往由帝皇批示"发往军台效力"，这处分比充军要轻一些（名曰"效力"，实际上大臣自己并不去，只是闲住在张家口，花钱雇一个人去军台充数）。我于是在《容斋随笔》的扉页上，用朱笔画了一方图章，文曰：

效力军台

白天画画，晚上就看我带去的几本书。

一九六二年初，我调回北京，在北京京剧团担任编剧，直至离休。

摘掉右派分子帽子，不等于不是右派了。"文革"期间，有人来外调，我写了一个旁证材料。人事科的同志在材料上加了批注：

该人是摘帽右派。所提供情况，仅供参考。

我对"摘帽右派"很反感，对"该人"也很反感。"该"跟"该犯"差不了多少。我不知道我们的人事干部从什么地方学来的这种带封建意味的称谓。

"文化大革命",我是本单位第一批被揪出来的,因为有"前科"。

"文革"期间给我贴的大字报,标题是:

老右派,新表演

我搞了一些时期"样板戏",江青似乎很赏识我,于是忽然有一天宣布:"汪曾祺可以控制使用。"这主要当然是因为我曾是右派。在"控制使用"的压力下搞创作,那滋味可想而知。

一直到一九七九年给全国绝大多数右派分子平反,我才算跟右派的影子告别。我到原单位去交材料,并向经办我的专案的同志道谢:"为了我的问题的平反,你们做了很多工作,麻烦你们了,谢谢!"那几位同志说:"别说这些了吧!二十年了!"

有人问我:"这些年你是怎么过来的?"他们大概觉得我的精神状态不错,有些奇怪,想了解我是凭仗什么力量支持过来的。我回答:

"随遇而安。"

丁玲同志曾说她从被划为右派到北大荒劳动,是"逆来顺受"。我觉得这太苦涩了,"随遇而安",更轻松一些。"遇",当然是不顺的境遇,"安",也是不得已。不"安",又怎么着呢?既已如此,何不想开些。如北京人所说:"哄自己玩儿。"当然,

也不完全是哄自己。生活，是很好玩的。

随遇而安不是一种好的心态，这对民族的亲和力和凝聚力是会产生消极作用的。这种心态的产生，有历史的原因（如受老庄思想的影响），本人气质的原因（我就不是具有抗争性格的人），但是更重要的是客观，是"遇"，是环境的，生活的，尤其是政治环境的原因。中国的知识分子是善良的。曾被打成右派的那一代人，除了已经死掉的，大多数都还在努力地工作。他们工作的动力，一是要证实自己的价值。人活着，总得做一点事。二是对生我养我的故国未免有情。但是，要恢复对在上者的信任，甚至轻信，恢复年轻时的天真的热情，恐怕是很难了。他们对世事看淡了，看透了，对现实多多少少是疏离的。受过伤的心总是有瑾的。人的心，是脆的。

这是没有办法的事。

为政临民者，可不慎乎。

一九九一年一月三十一日

载一九九一年第二期《收获》

我的家乡

法国人安妮·居里安女士听说我要到波士顿，特意退了机票，推迟了行期，希望和我见一面。她翻译过我的几篇小说。我们谈了约一个小时，她问了我一些问题。其中一个是，为什么我的小说里总有水？即使没有写到水，也有水的感觉。这个问题我以前没有意识到过。是这样。这是很自然的。我的家乡是一个水乡，我是在水边长大的，耳目之所接，无非是水。水影响了我的性格，也影响了我的作品的风格。

我的家乡高邮在京杭大运河的下面。我小时候常常到运河堤上去玩（我的家乡把运河堤叫做"上河堆"或"上河墒"。"墒"字一般字典上没有，可能是家乡人造出来的字，音淌。"堆"当是"堤"的声转）。我读的小学的西面是一片菜园，穿过菜园就是河堤。我的大姑妈（我们那里对姑妈有个很奇怪的叫法，叫"摆摆"，别处我从未听有此叫法）的家，出门西望，就看见爬上河堤的石级。这段河堤有石级，因此地名"御码头"，康熙或乾隆

曾在此泊舟登岸（据说御码头夏天没有蚊子）。运河是一条"悬河"，河底比东堤下的地面高，据说河堤和墙垛子一般高，站在河堤上，可以俯瞰堤下街道房屋。我们几个同学，可以指认哪一处的屋顶是谁家的。城外的孩子放风筝，风筝在我们脚下飘。城里人家养鸽子，鸽子飞起来，我们看到的是鸽子的背。几只野鸭子贴水飞向东，过了河堤，下面的人看见野鸭子飞得高高的。

我们看船。运河里有大船。上水的大船多撑篙。弄船的脱光了上身，使劲把篙子梢头顶上肩窝处，在船侧窄窄的舷板上，从船头一步一步走到船尾。然后拖着篙子走回船头，欻的一声把篙子投进水里，扎到河底，又顶着篙子，一步一步向船尾。如是往复不停。大船上用的船篙甚长而极粗，篙头如饭碗大，有锋利的铁尖。使篙的通常是两个人，船左右舷各一个；有时只一个人，在一边。这条船的水程，实际上是他们用脚一步一步走出来的。这种船多是重载，船帮吃水甚低，几乎要漫到船上来。这些撑篙男人都极精壮，浑身作古铜色。他们是不说话的，大都眉棱很高，眉毛很重。因为长年注视着流动的水，故目光清明坚定。这些大船常有一个舵楼，住着船老板的家眷。船老板娘子大都很年轻，一边扳舵，一边敞开怀奶孩子，态度悠然。舵楼大都伸出一支竹竿，晾晒着衣裤，风吹着啪啪作响。

看打鱼。在运河里打鱼的多用鱼鹰。一般都是两条船，一船八只鱼鹰。有时也会有三条、四条，排成阵势。鱼鹰栖在木架上，精神抖擞，如同临战状态。打鱼人把篙子一挥，这些鱼鹰就劈劈啪啪，纷纷跃进水里。只见它们一个猛子扎下去，眨眼工夫，有的就叼了一条鳜鱼上来——鱼鹰似乎专逮鳜鱼。打鱼人解开鱼鹰脖子上的金属的箍（鱼鹰脖子上都有一道箍，否则它就会把逮到的鱼吞下去），把鳜鱼扔进船里，奖给它一条小鱼，它就高高兴兴、心甘情愿地转身又跳进水里去了。有时两只鱼鹰合力抬起一条大鳜鱼上来，鳜鱼还在挣蹦，打鱼人已经一手捞住了。这条鳜鱼够四斤！这真是一个热闹场面。看打鱼的、鱼鹰都很兴奋激动，倒是打鱼人显得十分冷静，不动声色。

远远地听见嘭嘭嘭嘭的响声，那是在修船、造船。嘭嘭的声音是斧头往船板上敲钉。船体是空的，故声音传得很远。待修的船翻扣过来，底朝上。这只船辛苦了很久，它累了，它正在休息。一只新船造好了，油了桐油，过两天就要下水了。看看崭新的船，叫人心里高兴——生活是充满希望的。船场附近照例有打船钉的

昆明杨梅色如炽炭,名火炭梅,味极甜浓。雨季常有苗族小女孩叫卖,声音娇柔。

铁匠炉,丁丁当当。有碾石粉的碾子,石粉是填船缝用的。有卖牛杂碎的摊子。卖牛杂碎的是山东人。这种摊子上还卖锅盔(一种很厚很大的面饼)。

我们有时到西堤去玩。我们那里的人都叫它西湖,湖很大,一眼望不到边,很奇怪,我竟没有在湖上坐过一次船。湖西是还有一些村镇的。我知道一个地名,菱塘桥,想必是个大镇子。我喜欢菱塘桥这个地名,引起我的向往,但我不知道菱塘桥是什么样子。湖东有的村子,到夏天,就把耕牛送到湖西去歇伏。我所住的东大街上,那几天就不断有成队的水牛在大街上慢慢地走过。

牛过后，留下很大的一堆一堆牛屎。听说是湖西凉快，而且湖西有茭草，牛吃了会消除劳乏，恢复健壮。我于是想象湖西是一片碧绿碧绿茭草。

高邮湖中，曾有神珠。沈括《梦溪笔谈》载：

> 嘉祐中，扬州有一珠甚大，天晦多见。初出于天长县陂泽中，后转入甓射湖，又后乃在新开湖中，凡十余年，居民行人常常见之。余友人书斋在湖上，一夜忽见其珠甚近，初微开其房，光自吻中出，如横一金线，俄顷忽张壳，其大如半席，壳中白光如银，珠大如拳，灿烂不可正视，十余里间林木皆有影，如初日前照，远处但见天赤如野火，倏然远去，其行如飞，浮于波中，杳杳如日。古有明月之珠，此珠色不类月，荧荧有芒焰，殆类日光。崔伯易尝为《明珠赋》。伯易高邮人，盖常见之。近岁不复出，不知所往，樊良镇正当珠往来处，行人至此，往往维船数宵以待观。名其亭为"玩珠"。

这就是"秦邮八景"的第一景"甓射珠光"。沈括是很严肃的学者，所言凿凿，又生动细微，似乎不容怀疑。这是个什么东西呢？是一颗大珠子？嘉祐到现在也才九百多年，已经不可究诘了。高邮湖亦称珠湖，以此。我小时学刻图章，第一块刻的就是"珠湖人"，是一块肉红色的长方形图章。

湖通常是平静的，透明的。这样一片大水，浩浩淼淼（湖上常常没有一只船），让人觉得有些荒凉，有些寂寞，有些神秘。

黄昏了。湖上的蓝天渐渐变成浅黄，桔黄，又渐渐变成紫色，很深很深的紫色。这种紫色使人深深感动。我永远忘不了这样的紫色的长天。

闻到一阵阵炊烟的香味，停泊在御码头一带的船上正在烧饭。

一个女人高亮而悠长的声音：

"二丫头……回来吃晚饭来……"

像我的老师沈从文常爱说的那样，这一切真是一个圣境。

高邮湖也是一个悬湖。湖面，甚至有的地方的湖底，比运河东面的地面都高。

湖是悬湖，河是悬河，我的家乡遂处在大水的威胁之中。翻开县志，水灾接连不断。我所经历过的最大的一次水灾，是民国二十年。

这次水灾是全国性的。事前已经有了很多征兆。连降大雨，西湖水位增高，运河水平了漕，坐在河堤上可以"踢水洗脚"。有许多很"瘆人"的不祥的现象。天王寺前，虾蟆爬在柳树顶上叫。老人们说：虾蟆在多高的地方叫，大水就会涨得多高。我们在家里的天井里躺在竹床上乘凉，忽然拨剌一声，从阴沟里蹦出一条大鱼！运河堤上，龙王庙里香烛昼夜不熄。七公殿也是这样。大风雨的黑夜里，人们说是看见"耿庙神灯"了。耿七公是有这个人的,生前为人治病施药,风雨之夜,他就在家门前高旗杆上挂起一串红灯,在黑暗的湖里打转的船,奋力向红灯划去,就能平安到岸。他死后,红灯还常在浓云密雨中出现,这就是耿庙神灯——"秦邮八景"中的一景。耿七公是渔民和船民的保护神,渔民称之为七公老爷,渔民每年要做会,谓之七公会。神灯是美丽的,但同时也给人一种神秘的恐怖感。阴历七月,西风大作。店铺都预备了高挑灯笼——长竹柄,一头用火烤弯如钩状,上悬一个灯笼,轮流值夜巡堤。告警锣声不绝。本来平静的水变得暴怒了。一个浪头翻上来,会把东堤石工的丈把长的青石掀起来。看来堤是保不住了。终于,我记得是七月十三(可能记错),倒了口子。我们那里把决堤叫做倒口子。西堤四处,东堤六处。湖水涌入运河,运河水直灌堤东。顷刻之间,高邮成为泽国。

我们家住进了竺家巷一个茶馆的楼上(同时搬到茶馆楼上的还有几家),巷口外的东大街成了一条河,"河"里翻滚着箱箱柜柜,死猪死牛。"河"里行了船。会水的船家各处去救人(很多人家爬在屋顶上、树上)。

约一星期后,水退了。

水退了,很多人家的墙壁上留下了水印,高及屋檐。很奇怪,水印怎么擦洗也擦洗不掉。全县粮食几乎颗粒无收。我们这样的人家还不至挨饿,但是没有菜吃。老是吃慈姑汤,很难吃。比慈姑汤还要难吃的是芋头梗子做的汤。日本人爱喝芋梗汤,我觉得

一九八九年十一月廿八日　曾祺作

真不可理解。大水之后，百物皆一时生长不出，唯有慈姑芋头却是丰收！我在小学的教务处地上发现几个特大的蚂蟥，缩成一团，有拳头大，踩也踩不破！

我小时候，从早到晚，一天没有看见河水的日子，几乎没有。我上小学，倘不走东大街而走后街，是沿河走的。上初中，如果不从城里走，走东门外，则是沿着护城河。出我家所在的巷子南头，是越塘。出巷北，往东不远，就是大淖。我在小说《异秉》中所写的老朱，每天要到大淖去挑水，我就跟着他一起去玩。老朱真是个忠心耿耿的人，我很敬重他。他下水把水桶弄满（他两腿都是筋疙瘩——静脉曲张），我就拣选平薄的瓦片打水漂。我到一沟、二沟、三垛，都是坐船。到我的小说《受戒》所写的庵赵庄去，也是坐船。我第一次离家乡去外地读高中，也是坐船——轮船。

水乡极富水产。鱼之类，乡人所重者为鳊、白、鲙（鲙花鱼即鳜鱼）。虾有青白两种。青虾宜炒虾仁，呛虾（活虾酒醉生吃）则用白虾。小鱼小虾，比青菜便宜，是小户人家佐餐的恩物。小鱼有名"罗汉狗子""猫杀子"者，很好吃。高邮湖蟹甚佳，以做醉蟹，尤美。高邮的大麻鸭是名种。我们那里八月中秋兴吃鸭，馈送节礼必有公母鸭成对。大麻鸭很能生蛋，腌制后即为著名的高邮咸蛋。高邮鸭蛋双黄者甚多。江浙一带人见面问起我的籍贯，答云高邮，多肃然起敬，曰："你们那里出咸鸭蛋。"好像我们那里就只出咸鸭蛋似的！

月晓风清欲堕时　庚午四月　曾祺

我的家乡不只出咸鸭蛋，我们还出过秦少游，出过散曲作家王磐，出过经学大师王念孙、王引之父子。

县里的名胜古迹最出名的是文游台。这是秦少游、苏东坡、孙莘老、王定国文酒游会之所。台基在东山（一座土山）上，登台四望，眼界空阔。我小时常凭栏看西面运河的船帆露着半截，在密密的杨柳梢头后面，缓缓移过，觉得非常美。有一座镇国寺塔，是个唐塔，方形。这座塔原在陆上，运河拓宽后，为了保存这座塔，留下塔的周围的土地，成了运河当中的一个小岛。镇国寺我小时还去玩过，是个不大的寺。寺门外有一堵紫色的石制的照壁，这堵照壁向前倾斜，却不倒。照壁上刻着海水，故名水照壁。寺内还有一尊肉身菩萨的坐像，是一个和尚坐化后漆成的。寺不知毁于何时。另外还有一座净土寺塔，明代修建。我们小时候记不住什么镇国寺、净土寺，因其一在西门，名之为西门宝塔；一在东门，便叫它东门宝塔。老百姓都是这么叫的。

全国以邮字为地名的，似只高邮一县。为什么叫做高邮？因为秦始皇曾在高处建邮亭。高邮是秦王子婴的封地，至今还有一条河叫子婴河，旧有子婴庙，今不存。高邮为秦代始建，故又名秦邮。外地人或以为这跟秦少游有什么关系，没有。

一九九一年六月二十日

载一九九一年第十期《作家》

我的家

十年前我回了一次家乡,一天闲走,去看了看老家的旧址,发现我们那个家原来是不算小的。我家的大门开在科甲巷(不知道为什么这条巷子起了这么个名字,其实这巷里除了我的曾祖父中过一名举人,我的祖父中过拔贡外,没有别的人家有过功名),而在西边的竺家巷有一个后门。我的家即在这两条巷子之间。临街是铺面。从科甲巷口到竺家巷口,计有这么几家店铺:一家豆腐店,一家南货店,一家烧饼店,一家棉席店,一家药店,一家烟店,一家糕店,一家剃头店,一家布店。我们家在这些店铺的后面,占地多少平米我不知道,但总是不小的,住起来是相当宽敞的。

这所老宅子分作东西两截,或两区。东边住着祖父母(我们叫"太爷""太太")和大房——大伯父一家,西边是二房(我的二伯母)和三房——我父亲的一家。东西地势相差约有三尺,由东边到西边要上几层台阶。

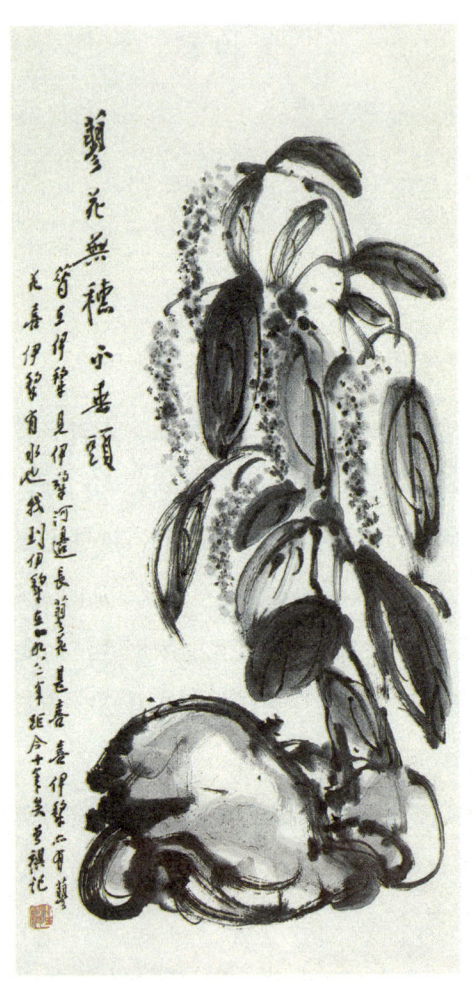

蓼花无穗不垂头　昔在伊犁见伊犁河边长蓼花，甚喜，喜伊犁亦有蓼花，喜伊犁有水也。我到伊犁在一九八二年，距今十年矣　曾祺记

此似王献之,非郑板桥法也。
一九九四年酷暑　汪曾祺

　　正屋的东边的套间住着太爷、太太,西边是大伯父和大伯母(我们叫"大爷""大妈")。当中是一个堂屋,因为敬神祭祖都在这间堂屋里,所以叫做"正堂屋"。正堂屋北面靠墙是一个很大的"老爷柜",即神案,但我们那里都叫做"老爷柜",这东西也确实是一个很长的大柜,当中和两边都有抽屉,下面还有钉了铜环的柜门。老爷柜上,当中供的是家神菩萨,左边是文昌帝君神位,右边是祖宗龛——一个细木雕琢的像小庙一样的东西,里面放着祖宗的牌位——神主。这正堂屋大概是我的曾祖父手里盖的,因为两边板壁上贴着他中秀才、中举人的报条。有年头了。原来大概是相当恢宏的。庭柱很粗,是"布灰布漆"的——木柱外涂瓦灰,裹以夏布,再施黑漆。到我记事时漆灰有多处已经剥落。这间老堂屋的铺地的箩底砖(方砖)的边角都磨圆了,而且

特别容易返潮。天将下雨,砖地上就是潮乎乎的。若遇连阴天,地面简直像涂了一层油,滑的。我很小就知道"础润而雨"。用不着看柱础,从正堂屋砖地,就知道雨一时半会儿晴不了。一想到正堂屋,总会想到下雨,有时接连下几天,真是烦人。雨老不停,我的一个堂姐就会剪一个纸人贴在墙上,这纸人一手拿着簸箕,一手拿笤帚,风一吹,就摇动起来,叫"扫晴娘"。也真奇怪,扫晴娘扫了一天,第二天多少会放晴。

这间正堂屋的用处是:过年时敬神,清明祭祖。祭祖时在正中的方桌上放一大碗饭,这碗特别的大,有一个小号洗脸盆那样大,很厚,是白色的古瓷的,除了祭祖装饭外,不作别的用处。饭压得很实,鼓起如坟头,上面插了好多双红漆的筷子。筷子插多少双,是有定数的,这事总是由我的祖母做。另有四样祭菜。

有一盘白切肉，一盘方块粉——绿豆粉，切成名片大小，三分厚。这方块粉在祭祖后分给两房。这粉一点味道都没有，实在不好吃，所以我一直记得。其余两样祭菜已无印象。十月朝（旧历十月初一）"烧包子"，即北方的"送寒衣"。一个一个纸口袋，内装纸钱，包上写明各代考妣冥中收用，一袋一袋排在祭桌前，上面铺一层稻草。磕头之后，由大爷点火焚化。每年除夕，要在这方桌上吃一顿团圆饭。我们家吃饭的制度是：一口锅里盛饭，大房、三房都吃同一锅饭，以示并未分家；菜则各房自炒，又似分爨。但大年三十晚上，祖父和两房男丁要同桌吃一顿。菜都是太太手制的。照例有一大碗鸭羹汤。鸭丁、山药丁、慈姑丁合烩。这鸭羹汤很好吃，平常不做，据说是徽州做法。我们的老家是徽州（姓汪的很多人的老家都是徽州），我们家有些菜的做法还保持徽州传统。比如肉丸蘸糯米蒸熟，有些地方叫珍珠丸子或蓑衣丸子，我们家则叫"徽团"。

  我对大堂屋有一点特殊的记忆，是我曾在这里当过一回孝子。我的二伯父（二爷）死得早，立嗣时经过一番讨论。按说应该由长房次子，我的堂弟曾炜过继，但我的二伯母（二妈）不同意，她要我，因为她和我的生母感情很好，从小喜欢我。我是次房长子，长子过继，不合古理。后来是定了一个折衷方案，曾炜和我都过继给二妈，一个是"派继"，一个是"爱继"。二妈死后，娘家提了一些条件，一是指定要用我的祖父的寿材盛殓。太爷五十岁时就打好了寿材，逐年加漆，漆皮已经很厚了。因为二妈是年轻守节，娘家提出，不能不同意。一是要在正堂屋停灵，也只好同意了（本来上有老人，是不该在正屋停灵的）。我和曾炜于是履行孝子的职责。亲视含殓（围着棺材走一圈），戴孝披麻，一切如制。最有意思的是逢七的时候得陪张牌李牌吃饭。逢七，鬼魂要回来接受烧纸，由两个鬼役送回来。这两个鬼役即张牌李牌。一个较大的方机凳，两副筷子，一碟白肉，一碟豆腐，两杯淡酒。我和曾炜各用一个小板凳陪着坐一会儿。陪鬼役吃饭，我还是头一回。六七开吊，我是孝子一直在场，所以能看到全部过程。家里办丧事，气氛和平常全不一样，所有的人都变得庄严肃穆起来。开吊像是演一场戏，大家都演得很认真。"初献""亚献""终献"，有条不紊，节奏井然。最后是"点主"。点主要一个功名高的人。给我的二伯母点主的是一个叫李芳的翰林，外号李三麻子。"点主"是在神主上加点。神主（木制小牌位）事前写好"×孺人之神王"，李三麻子就位后，礼生喝道："凝神，想象，请加墨主。"李三麻子拈起一支新笔在"王"字上加一墨点。礼生再赞："凝神，想象，请加朱主。"李三麻子用朱笔在黑点上加一点。这样死者的魂灵就进入神主了。我对"凝神，想象"印象很深，因为这很有点诗意。其实李三麻子对我的二伯母无从想象，因为他根本没有见过我的二伯母。

正堂屋对面，隔一个天井，是穿堂。

穿堂对面原来有一排三开间的房子,是我的叔曾祖父的一个老姨太太住的。房子很旧了,屋顶上长了很多瓦松,隔扇上糊的白纸都已成了灰色。这位老姨太太多年衰病,总是躺着。这一排房子里听不到一点声音,非常寂静,只有这位老姨太太的女儿——我们叫她小姑奶奶,带着孩子来住一阵,才有一点活气。

老姨太太死了,她没有儿子,由我一个叔祖父过继给他:这位叔祖父行六,我们叫他六太爷。这是个很有风趣的人,很喜欢孩子。老姨太太逢七,六太爷要来守灵烧纸。烧了纸,他弄一壶酒,慢慢喝着,给孩子讲故事——说书,说"大侠甘凤池",一直说到深夜。因此,我们总是盼着老姨太太逢七。

祖父过六十岁的头年,把东边的房屋改建了一下。正堂屋没动。穿堂加大了。老姨太太原来住的一排房子拆了,盖了一个"敞厅"。房屋翻盖的情况我还记得,先由瓦匠头、木匠头挖出整整齐齐的一方土,供在老爷柜上。破土后,请全体瓦木匠在正堂屋吃一次饭。这顿饭的特别处是有一碗泥鳅,泥鳅我们家是不进门的,但是请瓦木匠必得有这道菜,这是规矩。我觉得这规矩对瓦木匠颇有嘲讽意味。接着是上梁竖柱,放鞭炮,撒糕馒,如式。

敞厅的特点是敞,很宽敞。盖得后,祖父的六十大寿在这里布置过寿堂,宴过客,此外就没有怎么用过,平常总是空着。我的堂姐姐有时把两张方桌拼起来,在上面缝被子。

敞厅对面,一道砖墙之外,是花园。花园原来没有园名,祖

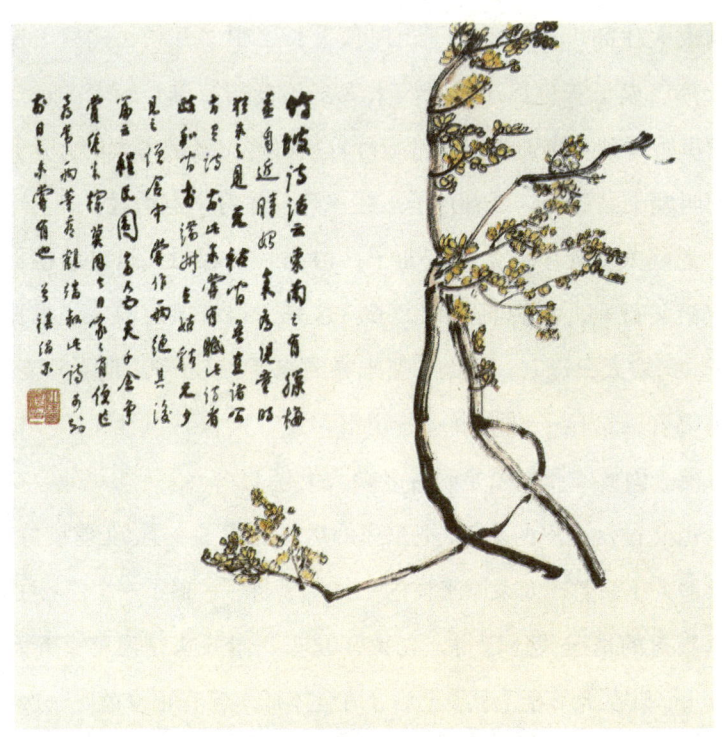

竹坡诗话云：东南之有腊梅，盖自近时始。余为儿童时，犹未之见。元祐间，鲁直诸公方有诗，前此未尝有赋此诗者。政和间，李端叔在姑孰，元夕见之僧舍中，尝作两绝，其后篇云："程氏园当尺五天，千金争赏凭朱栏。莫因今日家家有，便作寻常两等看。"观端叔此诗，可以知前日之未尝有也。　曾祺偶录父命之曰"民圃",因为他字铭甫,取其谐音。我父亲选了两块方砖,刻了"民圃"两个小篆,嵌在一个六角小门的额上。但是我们还是叫它花园,不叫民圃。祖父六十大寿时自撰了一副长联,末署"民圃叟六十自寿","民圃"字样也只在长联里出现过,别处没有用过。

西边半截的房屋大概是祖父手里盖的,格局较小,主要房屋只是两个堂屋,上堂屋和下堂屋。

上堂屋两边的套间,东侧是三房,西侧是二房。

我的二伯父早逝,我没有见过。他房间里的板壁上挂着他的八寸放大照片,半侧身,穿着一身古典燕尾服,前身无下摆,雪白的圆角硬领衬衫,一只胳臂夹着一根象牙头的短手杖,完全是年轻的英国绅士派头,很英俊。听我父亲说,二伯父是个性格很刚烈的人。他是新党,但崇拜的不是孙文而是黄兴。有一次历史教员(那时叫做"教习")在课堂上讲了黄兴几句不恭敬的话,他上去就给了这个教员一个嘴巴。二伯父和我父亲那时都在南京读中学(旧制中学)。他的死也跟他的负气任性的脾气有关。放暑假从南京回来,路过镇江,带着行李,镇江车站的搬运工人敲了他们一下,索价很高。二伯父一生气,把几个人的行李绑在一起,一个人就背了起来。没有走几步,一口血吐在地上,从此不起。

二伯母守节有年,她变得有些古怪。我的小说《珠子灯》里所写的孙小姐的原型,就是我的二伯母。

她变得有点古怪了,她屋里的东西都不许人动。王常生活着的时候是什么样子,永远是什么样子,不许挪动一点。王常生用过的手表、座钟、文具,还有他养的一盆雨花石,都放在原来的位置。孙小姐原是个爱洁成癖的人,屋里的桌子、椅子、茶壶茶杯,每天都要用清水洗三遍。自从王常生死后,除了过年之前,她亲自监督着一个从娘家陪嫁过来的女佣人大洗一天之外,平常不许擦拭。里屋炕几上有一套茶具:一个白瓷的茶盘,一把茶壶,四个茶杯。茶杯倒扣着,上面落了细细的尘土。茶壶是荸荠形扁圆的,茶壶的鼓肚子下面落不着尘土,茶盘里就清清楚楚留下一个干净的圆印子。

她病了,说不清是什么病。除了逢年过节起来几天,其余的时间都在床上躺着,整天地躺着,除那个女佣人,没有人上她屋里去。

有一个人是常上她屋里去的,我。我去了,坐在她床前的杌凳上,陪她一会儿。她精神好的时候,教我《长恨歌》《西厢记·长亭》。

春风桃李花开日,
秋雨梧桐叶落时。

荷塘月色　一九九二年秋　汪曾祺七十二岁

> 碧云天，
> 黄花地，
> 西风紧，
> 北雁南飞。
> 晓来谁染霜林醉，
> 都是离人泪。

也有的时候，她也会讲一点轻松一些的文学故事，念苏东坡嘲笑小妹的诗：

> 未出前庭三五步，
> 额头先到画堂前。

这样的时候，她脸上也会有一点笑意。她的记忆很好，教我念诗，都是背出来的。她背诗，抑扬顿挫，节奏很强，富于感情，因此她教过我的诗词，我一直记得很清楚。她的诗词，是邑中一个老名士教的。

她老是叫我坐在她床前吃东西，吃饭，吃点心。吃两口，她就叫我张开嘴让她看看。接着就自言自语："王二娘个猫，王二娘个猫，王二娘个猫。"不知道这是什么意思。她是王二娘，我是她的猫？有时我不在跟前，她一个人在屋里也叨咕："王二娘

闻大青山人云,山丹丹开花每历一年增加一朵。
一九九二年十一月　汪曾祺记

个猫，王二娘个猫。"

每年夏天，她要回娘家住一阵，归宁那天，且出不了房门哩。跨出来，转身又跨进去，跨出来，又跨进去。轿子等在大门口（她回娘家都是坐轿子），轿前两盏灯笼换了几次蜡烛，她还没跨出房门。

这种精神状态，我们那里叫做"魔"。

下堂屋左边是我父亲的画室，右边是"下房"，女佣人住的地方。

下堂屋南，一道花瓦墙外，即是花园，墙上也有一个小六角门。

开开六角门，是一片砖墁的平地。更南，是花厅。花厅是我们这所住宅里最明亮的屋子，南边一溜全是大玻璃窗，听说我父亲年轻时常请一些朋友来，在花厅里喝酒，唱戏，吹弹歌舞，到我记事的时候，就没有看过这种热闹。花厅也总是闲着。放暑假，我们到花厅里来做假期作业。每年做酱的时候，我的祖母在花厅里摊晾煮熟的黄豆和烤过的发面饼，让豆、饼长毛发酵。花厅外的砖地上有一口大缸，装着豆酱，一口浅缸，装着甜面酱。

砖地东面，是一个花台，种着四棵很大的腊梅花，主干都有碗口粗，每年开很多花。这种腊梅的花心是紫檀色的。按说"磐石檀心"是腊梅的名种，但是我们那里重白心的，叫做"冰心腊梅"，而将檀心者起一个不好听的名称，叫"狗心腊梅"。下雪之后，上树摘花，是我的事。腊梅的骨朵很密。相中一大枝，折下来，养在大胆瓶里，过年。

残荷不为雨声留　辛未秋深

腊梅花的对面，是两棵桂花。一棵金桂，一棵银桂。每年秋天，吐蕊开花。桂花树下，长了一片萱草，也没人管它，自己长得很旺盛。萱花未尽开时摘下，阴干，我们那里叫做金针，北方叫做黄花菜。我小时最讨厌黄花菜，觉得淡而无味。到了北方，学做打卤面，才知道缺这玩意还不行。

桂花树后，是南北向的花瓦墙，墙上开一圆门，即北方所说的月亮门。

出圆门，是一畦菜地。我的祖母每年在这里种乌青菜，即上海人所说的塌苦菜。这块菜地土很瘦，乌青菜都不肥大，而茎叶液汁浓厚，旋摘煮食，味道极好，远胜市上买来的，叫做"起水鲜"，经霜后，叶缘皆作紫红色，尤其甜美。

菜畦左侧有一棵紫薇，一房多高，开花时乱红一片，晃人眼睛。游蜂无数——齐白石爱画的那种大个的黑蜂，穿花抢蕊，非常热闹。西侧，有一座六角亭，可以小坐。

菜畦东边有一条砖路。砖路尽处是一棵木瓜、一棵矾杏、一棵柿树，都很少结果。

树之外，是一座船亭。这是祖父六十大寿头年盖的。船头向东，两边墙上各开了海棠形的窗户。祖父盖船亭，是为了"无事此静坐"，但是他只来坐过几次，平常不来，经常锁着。隔着正面的玻璃隔扇，可以看到里面铁梨木琴几上摆着几件彝器，几把檀木椅子，萧萧爽爽。

船亭对面，有一棵很大的柳树。挨着柳树，是一个高高的花坛。花坛上原来想是栽了不少花的，但因为无人料理，只剩下一棵石榴、一丛鱼儿牡丹。鱼儿牡丹开一串一串粉红的花，花作鸡心形，像是童话里的植物。

　　花坛对面，是土山。这座土山不知是哪年堆成的。这些土是从园里挖出的，还是从外面运进来的，均不知道。土山左脚，种了两棵碧桃，一棵白的，一棵浅红的。碧桃花其实是很好看的，花开得很繁茂，花期也长，应该对它珍贵一点，但是大家都不把它当回事，也许因为它花开得太多，也太容易养活了。土山正面，种了四棵香橼，每年都要结很多，香橼就是"橘逾淮南则为枳"的枳，但其实枳和橘是两种植物。香橼秋天成熟。香橼的香气很冲，不大好闻。但香橼花的气味是很好的，苦甜苦甜的。花白色，瓣微厚，五出深裂，如小酒盏，很好看。山顶有两棵龙爪槐，一在东，一在西。西边的一棵是我的读书树。我常常爬上去，在分杈的树干上靠好，带一块带筋的干牛肉或一块榨菜，一边慢慢嚼着，一边看小说。土山外隔一道墙是一个尼庵，靠在树上可以看见小尼姑从井里汲水浇菜。这尼庵的尼姑是带发修行的，因此我看的小尼姑是一头黑发。

　　从土山东边下山，是一片空地。空地上有一口很大的缸，养着很大的金鱼，这是大伯父养的。因此，在我们的印象里这一边是大爷的地方。但是我们并未分家，小孩子是可以自由来去的。

金鱼缸的西北边有一架紫藤。盛花时，紫云拂地。花谢，垂下一根一根长长的刀豆。

鱼缸正北，一棵白丁香，一棵紫丁香。

丁香之左，一片紫鸢。

往南，墙边一丛金雀花。

紫鸢的东边，荒草而已。这片草地每年下面结不少甘露，我们那里叫做螺蛳菜或宝塔菜，甘露洗净后装白布袋，可入甜面酱缸腌渍。

草地之东有一排很大的冬青树。夏天开密密的小白花，也有香味。秋后结了很多紫色的胡椒粒大的果实。

冬青之外，是"草房"，堆草的屋子。我们那里烧草——芦柴，一次要置很多担草，垛积在一排空屋里。

冬青的北面，是花房，房顶南檐是玻璃盖的，原是大爷养花的地方，但他后来不养花了，花房就空着。一壁挂着一个老鹰风筝。据我父亲说这个老鹰是独脑线的——只有一根脑线。老鹰风筝是大爷年轻时放过的。听我父亲说，放上去之后，曾有真的老鹰和它打过架。空空的花房里只有两盆颇大的夹竹桃。夹竹桃红花殷殷的，我忽然觉得有些紧张，因为天忽然黑下来了，只有我一个人，在空空的花园里。

听大人说，这花园里有一个白胡子老头。这白胡子老头是神仙，还是妖怪？但是，晚上是没有人到花园里去的，东边和西边的小六角门都上了铁锁。

  我们这座花园实在很难叫做花园,没有精心安排布置过,草木也都是随意种植的,常有一点半自然的状态。但是这确是我童年的乐园,我在这里掬过很多蟋蟀,捉过知了、天牛、蜻蜓,捅过马蜂窝——这马蜂窝结在冬青树上,有蒲扇大!

一九九一年九月十九日
载一九九一年第十二期《作家》

自得其乐

孙犁同志说写作是他的最好的休息。是这样。一个人在写作的时候是最充实的时候,也是最快乐的时候。凝眸既久(我在构思一篇作品时,我的孩子都说我在翻白眼),欣然命笔,人在一种甜美的兴奋和平时没有的敏锐之中,这样的时候,真是虽南面王不与易也。写成之后,觉得不错,提刀却立,四顾踌躇,对自己说:"你小子还真有两下子!"此乐非局外人所能想象。但是一个人不能从早写到晚,那样就成了一架写作机器,总得岔乎岔乎,找点事情消遣消遣,通常说,得有点业余爱好。

我年轻时爱唱戏。起初唱青衣、梅派;后来改唱余派老生。大学三四年级唱了一阵昆曲,吹了一阵笛子。后来到剧团工作,就不再唱戏吹笛子了,因为剧团有许多专业名角,在他们面前吹唱,真成了班门弄斧,还是以藏拙为好。笛子本来还可以吹吹,我的笛风甚好,是"满口笛",但是后来没法再吹,因为我的牙齿陆续掉光了,撒风漏气。

胸无成竹　一九九二年十月十九日酒后偶画

　　这些年来我的业余爱好，只有：写写字、画画画，做做菜。

　　我的字照说是有些基本功的。当然从描红模子开始。我记得我描的红模子是："暮春三月，江南草长，杂花生树，群莺乱飞。"这十六个字其实是很难写的，也许是写红模子的先生故意用这些结体复杂的字来折磨小孩子，而且红模子底子是欧字，这就更难落笔了。不过这也有好处，可以让孩子略窥笔意，知道字是不可

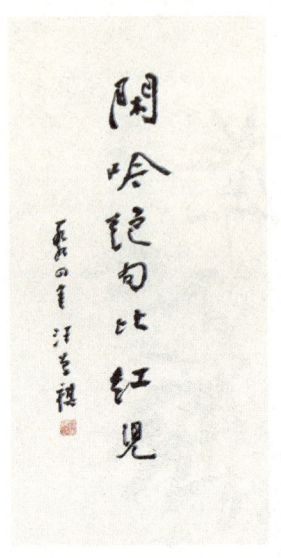 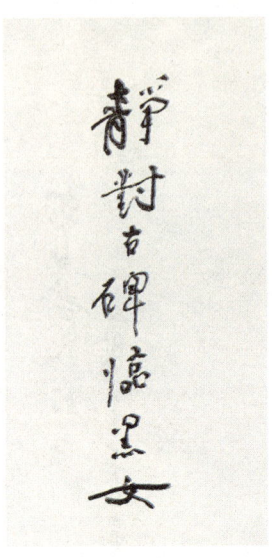

静对古碑临黑女　闲吟绝句比红儿
一九九四年　汪曾祺

以乱写的。大概在我十一二岁的时候,那年暑假,我的祖父忽然高了兴,要亲自教我《论语》,并日课大字一张,小字二十行。大字写《圭峰碑》,小字写《闲邪公家传》,这两本帖都是祖父从他的藏帖中选出来的。祖父认为我的字有点才分,奖了我一块猪肝紫端砚,是圆的,并且拿了几本初拓的字帖给我,让我常看看。我记得有小字《麻姑仙坛》、虞世南的《夫子庙堂碑》、褚遂良的《圣教序》。小学毕业的暑假,我在三姑父家从一个姓韦的先生读桐城派古文,并跟他学写字。韦先生是写魏碑的,但他让我临的却是《多宝塔》。初一暑假,我父亲拿了一本影印的《张猛龙碑》,说:"你最好写写魏碑,这样字才有骨力。"我于是写了相当长时期《张

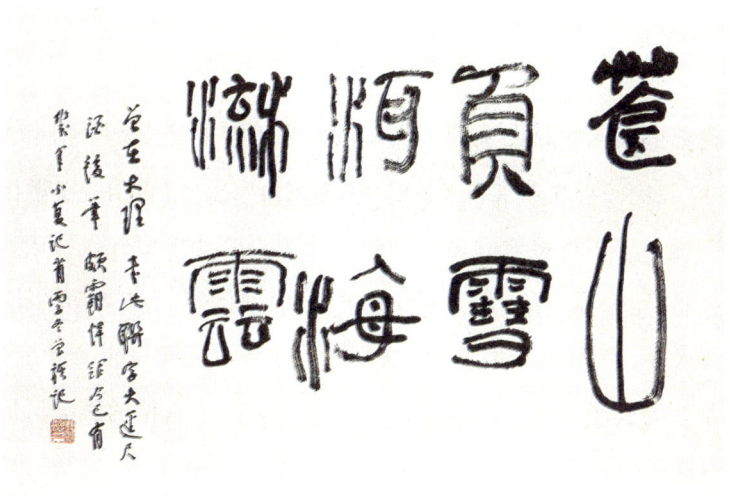

苍山负雪　洱海流云
曾在大理书此联，字大径尺，酒后书颇霸悍。距今已有几年，不复记省。　丙子冬　曾祺记

猛龙碑》。用的是我父亲选购来的特殊的纸。这种纸是用稻草做的，纸质较粗，也厚，写魏碑很合适，用笔须沉着，不能浮滑。这种纸一张有二尺高，尺半宽，我每天写满一张。写《张猛龙》使我终身受益，到现在我的字的间架用笔还能看出痕迹。这以后，我没有认真临过帖，平常只是读帖而已。我于二王书未窥门径。写过一个很短时期的《乐毅论》，放下了，因为我很懒。《行穰》《丧乱》等帖我很欣赏，但我知道我写不来那样的字。我觉得王大令的字的确比王右军写得好。读颜真卿的《祭侄文》，觉得这才是真正的颜字，并且对颜书从二王来之说很信服。大学时，喜读宋四家。有人说中国书法一坏于颜真卿，二坏于宋四家，这话有道理。

但我觉得宋人字是书法的一次解放，宋人字的特点是少拘束，有个性，我比较喜欢蔡京和米芾的字（苏东坡字太俗，黄山谷字做作）。有人说米字不可多看，多看则终身摆脱不开，想要升入晋唐，就不可能了。一点不错。但是有什么办法呢！打一个不太好听的比方，一写米字，犹如寡妇失了身，无法挽回了。我现在写的字有点《张猛龙》的底子、米字的意思，还加上一点乱七八糟的影响，形成我自己的那么一种体，格韵不高。

我也爱看汉碑。临过一遍《张迁碑》，《石门铭》《西狭颂》看看而已。我不喜欢《曹全碑》。盖汉碑好处全在筋骨开张，意态从容，《曹全碑》则过于整饬了。

我平日写字，多是小条幅，四尺宣纸一裁为四。这样把书桌上书籍信函往边上推推，摊开纸就能写了。正儿八经地拉开案子，铺了画毡，着意写字，好像练了一趟气功，是很累人的。我都是写行书。写真书，太吃力了。偶尔也写对联。曾在大理写了一副对子：

苍山负雪
洱海流云

字大径尺。字少，只能体兼隶篆。那天喝了一点酒，字写得飞扬霸悍，亦是快事。对联字稍多，则可写行书。为武夷山一招待所写过

一九九六年冬　画似李复堂　汪曾祺　七十六岁

一副对子：

　　四围山色临窗秀
　　一夜溪声入梦清

字颇清秀，似明朝人书。

　　我画画，没有真正的师承。我父亲是个画家，画写意花卉，我小时爱看他画画，看他怎样布局（用指甲或笔杆的一头划几道印子），画花头，定枝梗，布叶，钩筋，收拾，题款，盖印。这样，我对用墨、用水、用色，略有领会。我从小学到初中，都"以画名"。初二的时候，画了一幅墨荷，裱出后挂在成绩展览室里。这大概是我的画第一次上裱。我读的高中重数理化，功课很紧，就不再画画。大学四年，也极少画画。工作之后，更是久废画笔了。当了右派，下放到一个农业科学研究所，结束劳动后，倒画了不少画，主要的"作品"是两套植物图谱，一套《中国马铃薯图谱》、一套《口蘑图谱》，一是淡水彩，一是钢笔画。摘了帽子回京，到剧团写剧本，没有人知道我能画两笔。重拈画笔，是运动促成的。运动中没完没了地写交代，实在是烦人，于是买了一刀元书纸，于写交代之空隙，瞎抹一气，少抒郁闷，这样就一发而不可收，重新拾起旧营生。有的朋友看见，要了去，挂在屋里，被人发现了，

种菊不安篱，任它恣意长。昨夜落秋霜，随风自俯仰。
一九八二年十一月不是七日就是八日　汪曾祺（时女儿汪明在旁瞎出主意）

于是求画的人渐多。我的画其实没有什么看头，只是因为是作家的画，比较别致而已。

我也是画花卉的。我很喜欢徐青藤、陈白阳，喜欢李复堂，但受他们的影响不大。我的画不中不西，不今不古，真正是"写意"，带有很大的随意性。曾画了一幅紫藤，满纸淋漓，水气很足，几乎不辨花形。这幅画现在挂在我的家里。我的一个同乡来，问："这画画的是什么？"我说是："骤雨初晴。"他端详了一会，说："哎，经你一说，是有点那个意思！"他还能看出彩墨之间的一些小块空白，是阳光。我常把后期印象派方法融入国画。我觉得中国画本来都是印象派，只是我这样做，更是有意识的而已。

画中国画还有一种乐趣,是可以在画上题诗,可寄一时意兴,抒感慨,也可以发一点牢骚。曾用干笔焦墨在浙江皮纸上画冬日菊花,题诗代简,寄给一个老朋友,诗是:

新沏清茶饭后烟,
自搔短发负晴暄。
枝头残菊开还好,
留得秋光过小年。

为宗璞画牡丹,只占纸的一角,题曰:

人间存一角,
聊放侧枝花。
欣然亦自得,
不共赤城霞。

宗璞把这首诗念给冯友兰先生听了,冯先生说:"诗中有人。"

今年洛阳春寒,牡丹至期不开。张抗抗在洛阳等了几天,败兴而归,写了一篇散文《牡丹的拒绝》。我给她画了一幅画,红叶绿花,并题一诗:

> 看朱成碧且由他，
> 大道从来直似斜。
> 见说洛阳春索寞，
> 牡丹拒绝着繁花。

我的画，遣兴而已，只能自己玩玩，送人是不够格的。最近请人刻一闲章，"只可自怡悦"，用以押角，是实在话。

体力充沛，材料凑手，做几个菜，是很有意思的。做菜，必须自己去买菜。提一菜筐，逛逛菜市，比空着手遛弯儿要"好白相"。到一个新地方，我不爱逛百货商场，却爱逛菜市，菜市更有生活气息一些。买菜的过程，也是构思的过程。想炒一盘雪里蕻冬笋，菜市场冬笋卖完了，却有新到的荷兰豌豆，只好临时"改戏"。做菜，也是一种轻量的运动。洗菜，切菜，炒菜，都得站着（没有人坐着炒菜的），这样对成天伏案的人，可以改换一下身体的姿势，是有好处的。

做菜待客，须看对象。聂华苓和保罗·安格尔夫妇到北京来，中国作协不知是哪一位，忽发奇想，在宴请几次后，让我在家里做几个菜招待他们，说是这样别致一点。我给做了几道菜，其中有一道煮干丝。这是淮扬菜。华苓是湖北人，年轻时是吃过的，但在美国不易吃到。她吃得非常惬意，连最后剩的一点汤都端起碗来喝掉了。不是这道菜如何稀罕，我只是有意逗引她的故国乡情耳。台湾女作家陈怡真（我在美国认识她），到北京来，指名要我给她做一回饭。我给她做了几个菜。一个是干烧小萝卜。我知道台湾没有"杨花萝卜"（只有白萝卜）。那几天正是北京小萝卜长得最足最嫩的时候。这个菜连我自己吃了都很惊诧：味道鲜甜如此！我还给她炒了一盘云南的干巴菌。台湾咋会有干巴菌呢？她吃了，还剩下一点，用一个塑料袋包起，说带到宾馆去吃。如果我给云南人炒一盘干巴菌，给扬州人煮一碗干丝，那就成了鲁迅请曹靖华吃柿霜糖了。

做菜要实践。要多吃，多问，多看（看菜谱），多做。一个菜总得试烧几回，才能掌握咸淡火候。冰糖肘子、乳腐肉，何时炖软入味，只有神而明之，但是更重要的是要富于想象。想得到，才能做得出。我曾用家乡拌荠菜法凉拌菠菜。半大菠菜（太老太嫩都不行），入开水锅焯至断生，捞出，去根切碎，入少盐，挤去汁，与香干（北京无香干，以熏干代）细丁、虾米、蒜末、姜末一起，在盘中抟成宝塔状，上桌后淋以麻酱油醋，推倒拌匀。有余姚作家尝后，说是"很像马兰头"。这道菜成了我家待不速之客的应急的保留节目。有一道菜，敢称是我的发明：塞肉回锅油条。油条切段，寸半许长，肉馅剁至成泥，入细葱花、少量榨菜或酱瓜末拌匀，塞入油条段中，入半开油锅重炸。嚼之酥碎，真可声动十里人。

我很欣赏杨恽《报孙会宗书》："田彼南山，芜秽不治。种

画茶花不师陈白阳,几无可法,奈何奈何。 曾祺

一顷豆,落而为萁。人生行乐耳,须富贵何时。""人生行乐耳,须富贵何时",说得何等潇洒。不知道为什么,汉宣帝竟因此把他腰斩了,我一直想不透。这样的话,也不许说么?

载一九九二年第一期《艺术世界》

我的父亲

我父亲行三。我的祖母有时叫他的小名"三子"。他是阴历九月初九重阳节那天生的,故名菊生(我父亲那一辈生字排行,大伯父名广生,二伯父名常生),字淡如。他作画时有时也题别号:亚痴、灌园生……他在南京读过旧制中学。所谓旧制中学大概是十年一贯制的学堂。我见过他在学堂时用过的教科书,英文是纳氏文法,代数几何是线装的有光纸印的,还有"修身"什么的。他为什么没有升学,我不知道。"旧制中学生"也算是功名。他的这个"功名"我在我的继母的"铭旌"上见过,写的是扁宋体的泥金字,所以记得。什么是"铭旌",看《红楼梦》贾府办秦可卿丧事那回就知道,我就不噜苏了。

我父亲年轻时是运动员。他在足球校队踢后卫。他是撑杆跳选手,曾在江苏全省运动会上拿过第一。他又是单杠选手。我还见过他在天王寺外边驻军所设置的单杠上表演过空中大回环两周,这在当时是少见的。他练过武术,腿上带过铁砂袋。练过拳,练

文与画

汪曾祺散文 31 篇画作 89 幅

170

过刀、枪。我见他施展过一次武功，我初中毕业后，他陪我到外地去投考高中，在小轮船上，一个初来的侦缉队以检查为名勒索乘客的钱财。我父亲一掌，把他打得一溜跟头，从船上退过跳板，一屁股坐在码头上。我父亲平常温文尔雅，我还没见过他动手打人，而且，真有两下子！我父亲会骑马。南京马场有一匹劣马，咬人，没人敢碰它，平常都用一截粗竹筒套住它的嘴。我父亲偷偷解开缰绳，一骗腿骑了上去。一趟马道子跑下来，这马老实了。父亲还会游泳，水性很好。这些，我都不知道他是什么时候学的。

　　从南京回来后，他玩过一个时期乐器。他到苏州去了一趟，买回来好些乐器，笙箫管笛、琵琶、月琴、拉秦腔的板胡、扬琴，甚至还有大小唢呐。唢呐我从未见他吹过。这东西吵人，除了吹鼓手、戏班子，一般玩乐器人都不在家里吹。一把大唢呐、一把小唢呐（海笛）一直放在他的画室柜橱的抽屉里。我们孩子们有时翻出来玩。没有哨子，吹不响，只好把铜嘴含在嘴里，自己呜呜作声，不好玩！他的一支洞箫、一支笛子，都是少见的上品。洞箫箫管很细，外皮作殷红色，很有年头了。笛子不是缠丝涂了一节一节黑漆的，是整个笛管擦了荸荠紫漆的，比常见的笛子管粗。箫声幽远，笛声圆润。我这辈子吹过的箫笛无出其右者。这两支箫笛不是从乐器店里买的，是花了大价钱从私人手里买的。他的琵琶是很好的，但是拿去和一个理发店里换了。他拿回理发店的那面琵琶又脏又旧、油里咕叽的。我问他为什么要换了这么一面脏琵琶回来,他说:"这面琵琶声音好!"理发店用一面旧琵琶换了他的几乎是全新的琵琶,当然乐意。不论什么乐器,他听听别人演奏,看看指法,就能学会。他弹过一阵古琴,说:都说古琴很难,其实没有什么。我的一个远房舅舅,有一把一个法国神父送他的小提琴,我父亲跟他借回来,鼓秋鼓秋,几天工夫,就能拉出曲子来,据我父亲说:乐器里最难,最要功夫的,是胡琴。别看它只有两根弦,很简单,越是简单的东西越不好弄。他拉的胡琴我拉不了,弓子硬,马尾多,滴的松香很厚,松香拉出一道很窄的深槽,我一拉,马尾就跑到深槽的外面来了。父亲不在家的时候我有时使劲拉一小段,我父亲一看松香就知道我动过他的胡琴了。他后来不大摆弄别的乐器了,只有胡琴是一直拉着的。

摒挡丝竹以后,父亲大部分时间用于画画和刻图章,他画画并无真正的师承,只有几个画友。画友中过从较密的是铁桥,是一个和尚,善因寺的方丈。我写的小说《受戒》里的石桥,就是以他为原型的。铁桥曾在苏州邓尉山一个庙里住过,他作画有时下款题为"邓尉山僧"。我父亲第二次结婚,娶我的第一个继母,新房里就挂了铁桥的一个条幅,泥金纸,上角画了几枝桃花,两只燕子,款题"淡如仁兄嘉礼弟铁桥写贺"。在新房里挂一幅和尚的画,我的父亲可谓全无禁忌;这位和尚和俗人称兄道弟,也真是不拘礼法。我上小学的时候,就觉得他们有点"胡来"。这条画的两边还配了我的一个舅舅写的一幅虎皮宣的对子:"蝶欲试花犹护粉,

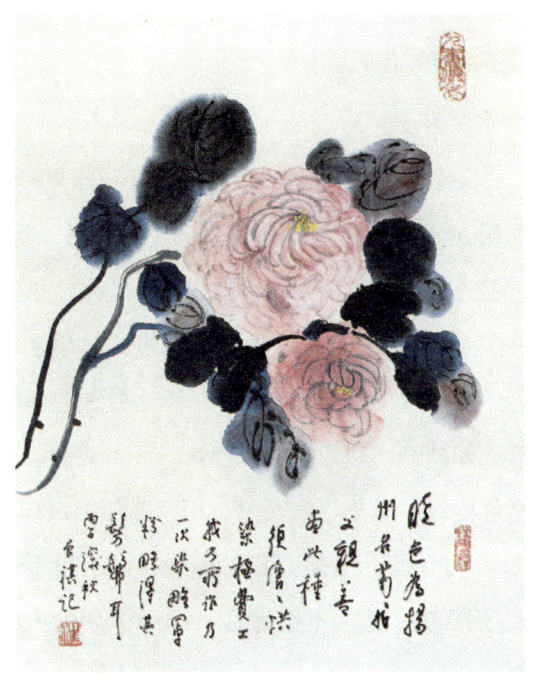

晓色为扬州名菊,我父亲善画此种,须层层烘染,极费工。我今所作乃一次染,略罩粉,略得其仿佛耳。　丙子深秋　曾祺记

莺初学啭尚羞簧。"我后来懂得对联的意思了,觉得实在很不像话!铁桥能画,也能写。他的字写石鼓,画法任伯年。根据我的印象,都是相当有功力的。我父亲和铁桥常来往,画风却没有怎么受他的影响。也画过一阵工笔花卉。我们那里的画家有一种理论,画画要从工笔入手,也许是有道理的。扬州有一位专画菊花的画家,这位画家画菊按朵论价,每朵大洋一元。父亲求他画了一套菊谱,二尺见方的大册页。我有个姑太爷,也是画画的,说:"像他那样的玩法,我们玩不起!"兴化有一位画家徐子兼,画猴子,也

画工笔花卉。我父亲也请他画了一套册页。有一开画的是罂粟花，薄瓣透明，十分绚丽。一开是月季，题了两行字："春水蜜波为花写照。""春水""蜜波"是月季的两个品种，我觉得这名字起得很美，一直不忘。我见过父亲画工笔菊花，原来花头的颜色不是一次敷染，要"加"几道。扬州有菊花名种"晓色"，父亲说这种颜色最不好画。"晓色"，很空灵，不好捉摸。他画成了，我一看，是晓色！他后来改了画写意，用笔略似吴昌硕。照我看，我父亲的画是有功力的，但是"见"得少，没有行万里路，多识大家真迹，受了限制。他又不会做诗，题画多用前人陈句，故布局平稳，缺少创意。

父亲刻图章，初宗浙派，清秀规矩。他年轻时刻过一套《陋室铭》印谱，有几方刻得不错，但是过于著意，很拘谨。有"兰带""折钉"，都是"做"出来的。有一方"草色入帘青"是双钩，我小时觉得很好看，稍大，即觉得纤巧小气。《陋室铭》印谱只是他初学刻印的成绩。三十多岁后，渐渐豪放，以治汉印为主。他有一套端方的《匋斋印存》，经常放在案头。有时也刻浙派少印。我记得他给一个朋友张仲陶刻过一块青田冻石小长方印，文曰"中匋"，实在漂亮。"中匋"两字也很好安排。

刻印的人多喜藏石。父亲的石头是相当多的，他最心爱的是三块田黄，我在小说《岁寒三友》中写的靳彝甫的三块田黄，实际上写的是我父亲的三块图章。

他盖章用的印泥是自己做的。用的是"大劈砂",这是朱砂里最贵重的。大劈砂深紫色的,片状,制成印泥,鲜红夺目。他说见过一些明朝画,纸色已经灰暗,而印色鲜明不变。大劈砂盖的图章可以"隐指",即用手指摸摸,印文是鼓出的。他的画室的书橱里摆了一列装在玻璃瓶的大劈砂和陈年的蓖麻子油,蓖麻油是调印色用的。

我父亲手很巧,而且总是活得很有兴致。他会做各种玩意。元宵节,他用通草(我们家开药店,可以选出很大片的通草)为瓣,用画牡丹的西洋红(西洋红很贵,齐白石作画,有一个时期,如用西洋红,是要加价的)染出深浅,做成一盏荷花灯,点了蜡烛,比真花还美。他用蝉翼笺染成浅绿,以铁丝为骨,做了一盏纺织娘灯,下安细竹棍。我和姐姐提了,举着这两盏灯上街,到邻居家串门,好多人围着看。清明节前,他糊风筝。有一年糊了一只蜈蚣(我们那里叫"百脚"),是绢糊的,他用药店里称麝香用的小戥子约蜈蚣两边的鸡毛——鸡毛必须一样重,否则上天就会打滚。他放这只蜈蚣不是用的一般线,是胡琴的老弦。我们那里用老弦放风筝的,家父实为第一人(用老弦放风筝,风筝可以笔直地飞上去,没有"肚子")。他带了几个孩子在傅公桥麦田里放风筝。这时麦子尚未"起身",是不怕踩的,越踩越旺。春服既成,惠风和畅,我父亲这个孩子头带着几个孩子,在碧绿的麦垄间奔跑呼叫,为乐如何?我想念我的父亲(我现在还常常梦见他),想念我的

文与画　汪曾祺散文 31 篇画作 89 幅

童年，虽然我现在是七十二岁，皤然一老了。夏天，他给我们糊养金铃子的盒子。他用钻石刀把玻璃裁成一小块一小块，再合拢，接缝处用皮纸糨糊固定，再加两道细蜡笺条，成了一只船、一座小亭子、一个八角玲珑玻璃球，里面养着金铃子。隔着玻璃，可以看到金铃子在里面爬，吃切成小块的梨，张开翅膀"叫"。秋天，买来拉秧的小西瓜，把瓜瓤掏空，在瓜皮上镂刻出很细致的图案，做成几盏西瓜灯，西瓜灯里点了蜡烛，洒下一片绿光，父亲鼓捣半天，就为让孩子高兴一晚上。我的童年是很美的。

我母亲死后，父亲给她糊了几箱子衣裳，单夹皮棉，四时不缺。他不知从哪里搜罗来各种颜色、砑出各种花样的纸。听我的大姑妈说，他糊的皮衣跟真的一样，能分出滩羊、灰鼠。这些衣服我没看见过，但他用剩的色纸，我见过。我们用来折"手工"。有一种纸，银灰色，正像当时时兴的"慕本缎子"。

我父亲为人很随和，没架子。他时常周济穷人，参与一些有关公益的事情。因此在地方上人缘很好。民国二十年发大水，大街成了河。我每天看见他蹚着齐胸的水出去，手里横执了一根很粗的竹篙，穿一身直罗裈，他出去，主要是办赈济。我在小说《钓鱼的医生》里写王淡人有一次乘了船，在腰里系了铁链，让几个水性很好的船工也在腰里系了铁链，一头拴在王淡人的腰里，冒着生命危险，渡过激流，到一个被大水围困的孤村去为人治病，这写的实际是我父亲的事。不过他不是去为人治病，而是去送"华洋义赈会"发来的面饼（一种很厚的面饼，山东人叫"锅盔"）。这件事写进了地方上人送给我祖父的六十寿序里，我记得很清楚。

父亲后来以为人医眼为职业。眼科是汪家祖传。我的祖父、大伯父都会看眼科。我不知道父亲懂眼科医道。我十九岁离开家乡，离乡之前，我没见过他给人看眼睛。去年回乡，我的妹婿给我看了一册父亲手抄的眼科医书，字很工整，是他年轻时抄的。那么，他是在眼科上下过功夫的。听说他的医术还挺不错。有一邻居的孩子得了眼疾，双眼肿得像桃子，眼球红得像大红缎子。父亲看过，说不要紧。他叫孩子的父亲到阴城（一片乱葬坟场，很大，很野，据说韩世忠在这里打过仗）去捉两个大田螺来。父亲在田螺里倒进两管鹅翎眼药，两撮冰片，把田螺扣在孩子的眼睛上，过了一会田螺壳裂了。据那个孩子说，他睁开眼，看见天是绿的。孩子的眼好了。一生没有再犯过眼病。田螺治眼，我在任何医书上没看见过，也没听说过。

这个"孩子"现在还在，已经五十几岁了，是个理发师傅。去年我回家乡，从他的理发店门前经过，那天，他又把我父亲给他治眼的经过，向我的妹婿详细地叙述了一次。这位理发师傅希望我给他的理发店写一块招牌。当时我很忙，没有来得及给他写。我会给他写的。一两天就写了托人带去。

我父亲配制过一次眼药。这个配方现在还在，但是没有人配得起，要几十种贵重的药，包括冰片，麝香、熊胆、珍珠……珍珠要是人戴过的，父亲把祖母帽子上的几颗大珠子要了去。听我的第二个继母说，他制药极其虔诚，三天前就洗了澡（"斋戒沐浴"），一个人住在花园里，把三道门都关了，谁也不让去。

父亲很喜欢我。我母亲死后，他带着我睡。他说我半夜醒来就笑。那时我三岁（实年）。我到江阴去投考南菁中学，是他带着我去的。住在一个茶庄的栈房里，臭虫很多。他就点了一支蜡烛，见有臭虫，就用蜡烛油滴在它身上。第二天我醒来，看见席子上好多好多蜡烛油点子。我美美地睡了一夜，父亲一夜未睡。我在昆明时，他还在信封里用玻璃纸包了一小包"虾松"寄给我过。我父亲很会做菜，而且能别出心裁。我的祖父春天忽然想吃螃蟹，这时候哪里去找螃蟹？父亲就用瓜鱼（即水仙鱼），给他伪造了一盘螃蟹，据说吃起来跟真螃蟹一样。"虾松"是河虾剁成米粒大小，掺以小酱瓜丁，入温油炸透。我也吃过别人做的"虾松"，都比不上我父亲的手艺。

我很想念我的父亲，现在还常常做梦梦见他。我的那些梦本和他不相干，我梦里的那些事，他不可能在场，不知道怎么会搀和进来了。

一九九二年五月二十八日
载一九九二年第八期《作家》

徐文长论书画

文长书画的来源

徐文长善书法。陶望龄《徐文长传》谓:

渭于行草书尤精奇伟杰。尝言吾书第一,诗二,文三,画四,识者许之。

袁宏道《徐文长传》云:

文长喜作书,笔意奔放如其诗,苍劲中姿媚跃出。予不能书,而谬谓文长书决当在王雅宜、文徵仲之上。不论书法而论书神,先生者诚八法之散圣,字林之侠客也。

陶望龄谓文长"其论书主于运笔,大概仿诸米氏云"。黄汝

停车坐爱枫林晚

亨《徐文长集序》谓:"书似米颠,而棱棱散散过之,要皆如其人而止。"文长书受米字的影响是明显的,但不主一家。文长题跋,屡次提到南宫,但并不特别地推崇,以为是天下一人。他对宋以后诸家书的评价是公正客观的,不立门户。《徐文长逸稿·评字》:

> 黄山谷书如剑戟,构密是其所长,潇散是其所短。苏长公书专以老朴胜,不似其人之潇洒,何耶?米南宫一种出尘,人所难及,但有生熟,差不及黄之匀耳。蔡书近二王,其短者略俗耳。劲净而匀,乃其所长。孟𫖯虽媚,犹可言也。其

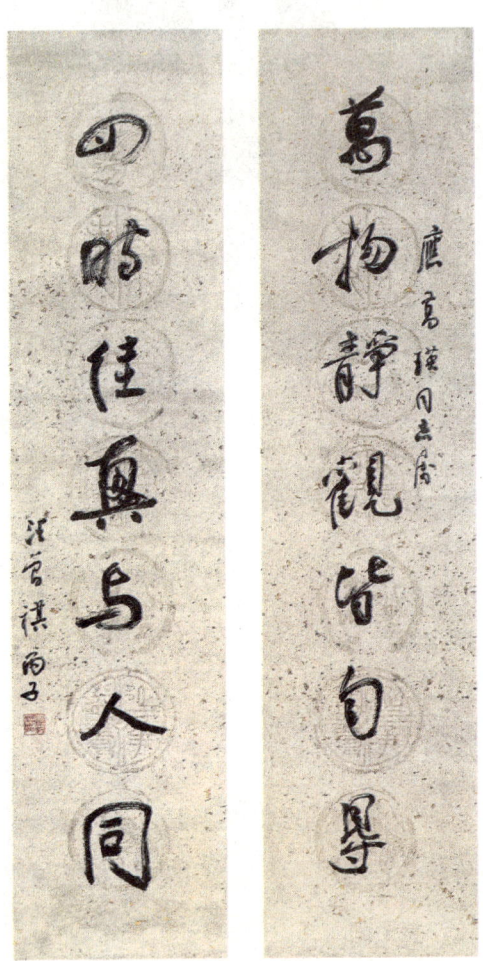

万物静观皆自得　四时佳兴与人同
应高瑛同志嘱　汪曾祺　丙子

似算子，率俗书，不可言也。尝有评吾书者，以吾薄之，岂其然乎？倪瓒书从隶入，辄在钟元常《荐季直表》中夺舍投胎。古而媚，密而散，未可以近而忽之也。吾学索靖书，虽梗概亦不得。然人并以章草视之，不知章稍逸而近分，索则超而仿篆……

文后有小字一行："先生评各家书，即效各家体，字画奇肖，传有石文。"这行小字大概是逸稿的编集者张宗子注的。据此，可以知道他是遍览诸家书，且能学得很像的。

徐文长原来是不会画画的。《书刘子梅谱二首》题有小字："有序。此予未习画之作。"他的习画，始于何日，诗文中皆未及。他是跟谁学的画，亦不及。他的画受林良的影响是有目共睹的。他对林良是钦佩的，《刘巢云雁》诗劈头两句就是："本朝花鸟谁第一？左广林良活欲逸。"林良喜画松鹰大幅，气势磅礴。文长小品秀逸，意思却好。如画海棠题诗："海棠弄春垂紫丝，一枝立鸟压花低。去年二月如曾见，却是谁家湖石西。""一枝立鸟压花低"，此林良所不会。文长诗也提到吕纪，但其画殊不似吕。文长也画人物。集中有《画美人》诗，下注："湖石、牡丹、杏花，美人睹飞燕而笑"，诗是：

牡丹花对石头开，

雨燕低飞杏杪来。
勾引美人成一笑，
画工难处是双腮。

　　这诗不知是题别人的画还是题自己的画的。我非常喜欢"画工难处是双腮"，此前人所未道。我以为这是徐渭自己的画，盖非自己亲画，不能体会此中难处，即此中妙处。文长亦偶作山水，不多，但对山水画有精深的赏鉴。他给沈石田写过几首热情洋溢的诗，对倪云林有独特的了解。《书吴子所藏画》："闽吴子所藏红梅双鹊画，当是倪元镇笔，而名姓印章则并主王元章，岂当时倪适在王所，戏成此而遂用其章耶？"倪元镇画花鸟，世少见，文长的猜测实在是主观武断，但非深知云林者不能道也。此津津于印章题款之鉴赏家所能梦见者乎！但是文长毕竟是花卉画家，他的真正的知交是陈道复。白阳画得熟，以熟胜。青藤画得生，以生胜。

论书与画的关系

　　《书八渊明卷后》云：

　　　　览渊明貌，不能灼知其为谁，然灼知其为妙品也。往在京邸，见顾恺之粉本曰斫琴者，殆类是。盖晋时顾陆辈笔精，匀圆劲净，本古篆书家象形意。其后为张僧繇、阎立本，最后乃有吴道子、李伯时，即稍变，犹知宗之。迨草书盛行，乃始有写意画，又一变也。卷中貌凡八人，而八犹一，如取诸影，僮仆策杖，亦靡不历历可相印，其不苟如此，可以想见其人矣。

"书画同源""书画相通"，已成定论，研究美学，研究中国美术史者都会说，但说不到这样原原本本。"迨草书盛行，乃始有写意画"，尤为灼见。探索写意画起源的，往往东拉西扯，徒乱人意，总不如文长一刀切破，干净利索。文长是画写意画的，有人至奉之为写意花卉的鼻祖，扬州八家的先河，则文长之语可谓现身说法，夫子自道矣。袁宏道说："先生者诚八法之散圣，字林之侠客也。间以其余旁溢为花草竹石，皆超逸有致。"是直以写意画为行草字之"余"，不吾欺也。

论庄逸工草

文长字画皆豪放。陶望龄谓其行草书"尤精奇伟杰"；袁宏道谓其书"奔放如其诗"。其作画，是有意识的写意，笔墨淋漓，取快意于一时，不求形似，自称曰"涂"，曰"抹"，曰"扫"，曰"狂扫"。《写竹赠李长公歌》:"山人写竹略形似,只取叶底潇潇意。譬如影里看丛梢,那得分明成个字!"《画百花卷与史甥,题曰漱老谑墨》:"葫芦依样不胜揩,能如造化绝安排。不求形似求生韵,根拨皆吾五指栽。胡为乎,区区枝剪而叶裁?君莫猜,墨色淋漓两拨开!"他画的鱼甚至有三个尾巴。《偶旧画鱼作此》:"元镇作墨竹,随意将墨涂(自注音搭),凭谁呼画里,或芦或呼麻。我昔画尺鳞,人问此何鱼,我亦不能答,张颠狂草书。"

《书刘子梅谱二首序》云:

  刘典宝一日持所谱梅花凡二十有二以过余请评。予不能画,而画之意则稍解。至于诗则不特稍解,且稍能矣。自古咏梅诗以千百计,大率刻深而求似多不足,而约略而不求似者多有余。然则画梅者得无亦似之乎?典宝君之谱梅,其画家之法必不可少者,予不能道之,至若其不求似而有余,则予之所深取也。

"不足""有余"之说甚精。求似会失去很多东西,而不求似则能保留更多东西。

但他并不主张全无法度。写字还得从规矩入门。《跋停云馆帖》云:

吴带当风　丙子　曾祺

待诏文先生讳徵明摹刻停云馆帖，装之，多至十二本。虽时代人品，各就其资之所近，自成一家，不同矣。然其入门，必自分间布白，未有不同者也。舍此则书者为痹，品者为盲。

《评字》亦云："分间布白，指实掌虚，以为入门。"在此基础上，方能求突破。"迨布匀而不必匀，笔态入净媚，天下无书矣。"

徐文长不太赞成字如其人。《大苏所书金刚经石刻》云："论书者云，多似其人。苏文忠人逸也，而书则壮。"《评字》云："苏长公书专以老朴胜，不似其人之潇洒，何耶？"他自作了解释：壮和逸不是绝对的，壮中可以有逸。"文忠书法颜，至比杜少陵之诗，昌黎之文，吴道子之画。盖颜之书，即壮亦未尝不逸也。"（《大苏所书金刚经石刻》）

同样，他认为工与草也是相对的，有联系的。《书沈徵君周画》：

世传沈徵君画多写意，而草草者倍佳，如此卷者乃其一也。然予少客吴中，见其所为渊明对客弹阮，两人躯高可二尺许，数古木乱云霭中，其高再倍之，作细描秀润，绝类赵文敏、杜惧男。比又见姑苏八景卷，精致入丝毫，而人眇小止一豆。惟工如此，此草者之所以益妙也。不然将善趋而不善走，有是理乎？

"善趋而不善走，有是理乎？"是一句大实话，也是一句诚恳的话。然今之书画家不善走而善趋者亦众矣，吁！

论"侵让"·李北海和赵子昂

《书李北海帖》：

> 李北海此帖，遇难布处，字字侵让，互用位置之法，独高于人。世谓集贤师之，亦得其皮耳。盖详于肉而略于骨，辟如折枝海棠，不连铁干，添妆则可，生意却亏。

"侵让"二字最为精到，谈书法者似未有人拈出。此实是结体布行之要诀。有侵，有让，互相位置，互相照应。则字字如亲骨肉，字与字之关系出。"侵让"说可用于一切书法家，用之北海，觉尤切。如字字安分守己，互不干涉，即成算子。如此书家，实是呆鸟。"折枝海棠，不连铁干"，也是说字是单摆浮搁的。

徐文长对赵子昂是有微词的，但说得并不刻薄。《赵文敏墨迹洛神赋》云：

> 古人论真行与篆隶，辨圆方者，微有不同。真行始于动，中以静，终以媚。媚者盖锋稍溢出，其名曰姿态。锋太藏则媚隐，

李长吉 一九八七年四月 汪曾祺作

> 太正则媚藏而不悦,故大苏宽之以侧笔取妍之说。赵文敏师李北海,净均也。媚则赵胜李,动则李胜赵。夫子建见甄氏而深悦之,媚胜也。后人未见甄氏,读子建赋无不深悦之者,赋之媚亦胜也。

徐文长这段话说得恍恍惚惚,简直不知道是褒还是贬。"媚"总是不好的,子昂弱处正在媚,文长指出这和他的生活环境有关。《书子昂所写道德经》云:

> 世好赵书,女取其媚也,责以古服劲装可乎?盖帝胄王孙,裘马轻纤,足称其人矣。他书率然,而道德经为尤媚。然可以为槁涩顽粗,如世所称枯柴蒸饼者之药。

论 变

书画家不会总是一副样子,往往要变。《跋书卷尾二首·又》记了一个有趣的故事:

> 董丈尧章一日持二卷命书,其一沈徵君画,其一祝京兆希哲行书,钳其尾以余试。而祝此书稍谨敛,奔放不折梭。余久乃得之曰:"凡物神者则善变,此祝京兆变也,他人乌

能辨。"丈弛其尾，坐客大笑。

"变"常是不期然而得之，如窑变。《书陈山人九皋氏三卉后》云：

> 陶者间有变，则为奇品。更欲效之，则尽薪竭钧，而不可复。予见山人卉多矣，曩在日遗予者，不下十数纸，皆不及此三品之佳。瀚然而云，莹然而雨，泫泫然而露也。殆所谓陶之变耶？

书画豪放者，时亦温婉。《跋陈白阳卷》：

> 陈道复花卉豪一世，草书飞动似之。独此帖既纯完，又多而不败。盖余尝见闽楚壮士裘马剑戟，则凛然若黑，及解而当绣刺之绷，亦赧然若女妇，可近也。此非道复之书与染耶？

一九九二年六月酷暑中作
载一九九二年第六期《中国文化》

我的母亲

我父亲结过三次婚。我的生母姓杨。我不知道她的学名。杨家不论男女都是排行的。我母亲那一辈"遵"字排行,我母亲应该叫杨遵什么。前年我写信问我的姐姐我们的母亲叫什么。姐姐回信说:叫"强四"。我觉得很奇怪,怎么叫这么个名呢?是小名么?也不大像。我知道我母亲不是行四。一个人怎么会连自己母亲的名字都不知道呢?因为我母亲活着的时候我太小了。

我三岁的时候,母亲就故去了。我对她一点印象都没有。她得的是肺病,病后即移住在一个叫"小房"的房间里,她也不让人把我抱去看她。我只记得我父亲用一个煤油箱自制了一个炉子。煤油箱横放着,有两个火口,可以同时为母亲熬粥,熬参汤、燕窝,另外还记得我父亲雇了一只船陪她到淮城去就医,我是随船去的。还记得小船中途停泊时,父亲在船头钓鱼,我记得船舱里挂了好多大头菜。我一直记得大头菜的气味。

我只能从母亲的画像看看她。据我的大姑妈说,这张像画得很像。画像上的母亲很瘦，眉尖微蹙。样子和我的姐姐很相似。

我母亲是读过书的。她病倒之前每天还写一张大字。我曾在我父亲的画室里找出一摞母亲写的大字，字写得很清秀。

前年我回家乡，见着一个老邻居，她记得我母亲。看见过我母亲在花园里看花——这家邻居和我们家的花园只隔一堵短墙。我母亲叫她"小新娘子"。"小新娘子，过来过来，给你一朵花戴。"我于是好像看见母亲在花园里看花，并且觉得她对邻居很和善。这位"小新娘子"已经是八十多岁的老太太了！

我还记得我母亲爱吃京冬菜。这东西我们家乡是没有的，是托做京官的亲戚带回来的，装在陶制的罐子里。

我母亲死后，她养病的那间"小房"锁了起来，里面堆放着她生前用的东西，全部嫁妆——"摞橱"、皮箱和铜火盆、朱漆的火盆架子……我的继母有时开锁进去，取一两样东西，我跟着进去看过。"小房"外面有一个小天井。靠南有一个秋叶形的小花台，花台上开了一些秋海棠。这些海棠自开自落，没人管它。花很伶仃，但是颜色很红。

我的第一个继母娘家姓张。她们家原来在张家庄住，是个乡下财主。后来在城里盖了房子，才搬进城来。房子是全新的，新砖，新瓦，油漆的颜色也都很新。没有什么花木，却有一片很大的桑园。我小时就觉得奇怪，又不养蚕，种那么多桑树做什么？桑树都长得很好，干粗叶大，是湖桑。

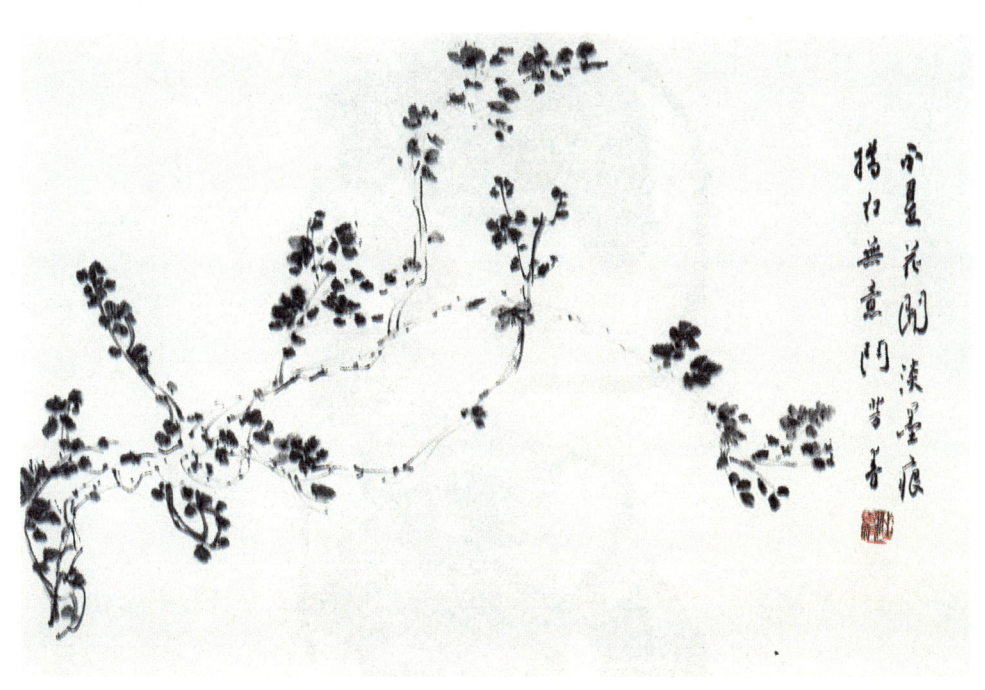

不是花开淡墨痕,描红无意斗芳春。

文与画

汪曾祺散文31篇画作89幅

196

我的继母幼年丧母，她是跟姑妈长大的，姑妈家姓吴。继母的姑妈年轻守寡。她住的房子二梁上挂着一块匾，朱地金字，"松贞柏节"，下款是"大总统题"。这大总统不知是谁，是袁世凯，还是黎元洪？吴家家境不富裕，住的房子是张家的三间偏房。老姑奶奶有两个儿子，一个叫大和子，一个叫小和子。两个儿子都没上学校，念了几年私塾，专学珠算。同年龄的少年学"鸡兔同笼"，他们却每天打"归除""斤求两，两求斤"。他们是准备到钱庄去学生意的。

我的继母归宁，也到她的继母屋里坐坐，但大部分时间都在这三间偏房里和姑妈在一起。我父亲到老丈人那边应酬应酬，说些淡话，也都在"这边"陪姑妈闲聊。直到"那边"来请坐席了，才过去。

继母身体不好。她婚前咳嗽得很厉害，和我父亲拜堂时是服用了一种进口的杏仁露压住的。

她是长女，但是我的外公显然并不钟爱她。她的陪嫁妆奁是不丰的。她有时准备出门做客，才戴一点首饰。比较好的首饰是副翡翠耳环。有一次，她要带我们到外公家拜年，她打扮了一下，换了一件灰鼠的皮袄。我觉得她一定会冷。这样的天气，穿一件灰鼠皮袄怎么行呢？然而她只有一件皮袄。我忽然对我的继母产生一种说不出来的感情。我可怜她，也爱她。

后娘不好当。我的继母进门就遇到一个局面，"前房"（我的生母）留下三个孩子：我姐姐，我，还有一个妹妹。这对于"后娘"当然会是沉重的负担。上有婆婆，中有大姑子、小姑子，还有一些亲戚邻居，她们都拿眼睛看着，拿耳朵听着。

也许我和娘（我们都叫继母为娘）有缘，娘很喜欢我。

她每次回娘家，都是吃了晚饭才回来。张家总是叫了两辆黄包车，姐姐和妹妹坐一辆，娘搂着我坐一辆。张家有个规矩（这规矩是很多人家都有的），姑娘回自己婆家，要给孩子手里拿两根点着了的安息香。我于是拿着两根安息香，偎在娘怀里。黄包车慢慢地走着。两旁人家、店铺的影子向后移动着，我有点迷糊。闻着安息香的香味，我觉得很幸福。

小学一年级时，冬天，有一天放学回家，我大便急了，憋不住，拉在裤子里了（我记得我拉的屎是热腾腾的）。我兜着一裤兜屎，一扭一扭地回了家。我的继母一闻，二话没说，赶紧烧水，给我洗了屁股。她把我擦干净了，让我围着棉被坐着。接着就给我洗衬裤刷棉裤。她不但没有说我一句，连眉头都没有皱一下。

我妹妹长了头虱，娘煎了草药给她洗头，用篦子给她篦头发。张氏娘认识字，念过《女儿经》。《女儿经》有几个版本，她念过的那本，她从娘家带了过来，我看过。里面有这样的句子："张家长，李家短，别人的事情我不管。"她就是按照这一类道德规范做人的。她有时念经：《金刚经》《心经》《高王经》。她是为她的姑妈念的。

电影学院一小院中种葫芦甚多,昨往开会,归来写此。

她做的饭菜有些是乡下做法，比如番瓜（南瓜）熬面疙瘩、煮百合先用油炒一下。我觉得这样的吃法很怪。

她死于肺病。

我的第二个继母姓任。任家是邵伯大地主，庄园有几座大门，庄园外有壕沟吊桥。

我父亲是到邵伯结的婚。那年我已经十七岁，读高二了。父亲写信给我和姐姐，叫我们去参加他的婚礼。任家派一个长工推了一辆独轮车到邵伯码头来接我们。我和姐姐一人坐一边。我第一次坐这种独轮车，觉得很有趣。

我已经很大了，任氏娘对我们很客气，称呼我是"大少爷"。我十九岁离开家乡到昆明读大学。一九八六年回乡，这时娘才改口叫我"曾祺"——我这时已经六十六岁，也不是什么"少爷"了。

我对任氏娘很尊敬。因为她伴随我的父亲度过了漫长的很艰苦的沧桑岁月。

她今年八十六岁。

一九九二年七月十一日

载一九九三年第二期《作家》

谈题画

　　题画是中国特有的东西。西方画没有题字的。日本画偶有题句，是受了中国的影响。中国的题画并非从来就有，唐画无题字者，宋人画也极少题字。一直到明代的工笔画家如吕纪，也只有在画幅不引人注意的地方写上一个名字。题画之风开始于文人画、写意画兴起之时。王冕画梅，是题诗的。徐文长题画诗可编为一卷。至扬州八怪，几乎每画必题。吴昌硕、齐白石题画时有佳句。

　　题画有三要。

　　一要内容好。内容好无非是两个方面：要有寄托，有情趣。郑板桥画竹，题诗："客窗卧听萧萧竹，疑是民间疾苦声。些许吾曹州县吏，一枝一叶总关情。"关心民瘼，出于至性。齐白石一小方幅，画浅蓝色藤花，上下四旁飞着无数野蜂，一边用金冬心体题了几行字："借山吟馆后有野藤一株，花时游蜂无数。孙幼时曾为蜂螫。今孙亦能画此藤花矣。静思往事，如在目底。"（白石此画只是匆匆过眼，题记凭记忆录出，当有讹字）这实在是一

桂湖老桂发新枝,湖上昇庵旧有祠。
一种风流谁得似,状元词曲罪臣诗。
丙子中秋前数日　汪曾祺

则很漂亮的小品文。白石为荣宝斋画笺纸，一朵淡蓝色的牵牛花，两片叶子，题曰："梅畹华家牵牛花碗大，人谓外人种也。余画其最小者。"此老幽默。寻常画家，哪得有此！

二要位置得宜。徐文长画长卷，有时题字几占一半。金冬心画六尺梅花横幅，留出右侧一片白地，极其规整地写了一篇题记。郑板桥有时在丛篁密竹竿之间由左向右题诗一首。题画无一定格局，但总要字画相得，掩映成趣，不能互相侵夺。

三最重要的是，字要写得好一些。字要有法，有体。黄瘿瓢题画用狂草，但结体皆有依据，不是乱写一气。郑板桥称自己的字是"六分半书"，他参照一些北碑笔意，但是长撇大捺，底子仍是黄山谷。金冬心的漆书和方块字是自己创出来的，但是不习汉隶，不会写得那样均。近些年有不少中青年画家爱在中国画上题字。画面常常是彩墨淋漓，搞得很脏，题字尤其不成样子，不知道为什么，爱在画的顶头上横写，题字的内容很无味，字则是叉脚舞手，连起码的横平竖直都做不到，几乎不成其为字。这样的题字不是美术，是丑术。我建议美术学院的中国画系要开两门基础课，一是文学课，要教学生把文章写通，最好能做几句旧诗；二是书法课，要让学生临帖。

一九九二年九月二十五日
载一九九二年十月六日《今晚报》

想　象

闻宋代画院取录画师，常出一些画题，以试画师的想象力。有些画题是很不好画的。如"踏花归去马蹄香"，"香"怎么画得出？画师都束手。有一画师很聪明，画出来了。他画了一个人骑了马，两只蝴蝶追随着马蹄飞。"深山藏古寺"，难的是一个"藏"字，藏就看不见了，看不见，又要让人知道有一座古寺在深山里藏着。许多画师的画都是在深山密林中露一角檐牙，都未被录取。有一个画师不画寺，画了一个小和尚到山下溪边挑水。和尚来挑水，则山中必有寺矣。有一幅画画昨夜宫人饮酒闲话。这是"昨夜"的事，怎么画？这位画师画了一角宫门，一大早，一个宫女端着笸箩出来倒果壳，荔枝壳、桂圆壳、栗子壳、鸭脚（银杏）壳……这样，宫人们昨夜的豪华而闲适的生活可以想见。

老舍先生曾点题请齐白石画四幅屏条，有一条求画苏曼殊的一句诗："蛙声十里出山泉。"这很难画。"蛙声"，还要从十里外的山泉中出来。齐老人在画幅两侧用浓墨画了直立的石头，用淡墨画了一道曲曲弯弯的山泉，在泉水下边画了七八只摆尾游动的蝌蚪。真是亏他想得出！

艺术，必须有想象，画画是这样，写文章也是这样。

一九九二年十二月二十六日
载一九九三年第三月二十三日《语文报》

岁朝清供

"岁朝清供"是中国画家爱画的画题。明清以后画这个题目的尤其多。任伯年就画过不少幅。画里画的、实际生活里供的,无非是这几样:天竹果、腊梅花、水仙。有时为了填补空白,画里加两个香橼。"橼"谐音圆,取其吉利。水仙、腊梅、天竹,是取其颜色鲜丽。隆冬风厉,百卉凋残,晴窗坐对,眼目增明,是岁朝乐事。

我家旧园有腊梅四株,主干粗如汤碗,近春节时,繁花满树。这几棵腊梅磬口檀心,本来是名贵的,但是我们那里重白心而轻檀心,称白心者为"冰心",而给檀心的起一个不好听的名字,"狗心"。我觉得狗心腊梅也很好看。初一一早,我就爬上树去,选择一大枝——要枝子好看,花蕾多的,拗折下来——腊梅枝脆,极易折,插在大胆瓶里。这枝腊梅高可三尺,很壮观。天竹我们家也有一棵,在园西墙角。不知道为什么总是长不大,细弱伶仃,结果也少。我不忍心多折,只是剪两三穗,插进胆瓶,为腊梅增

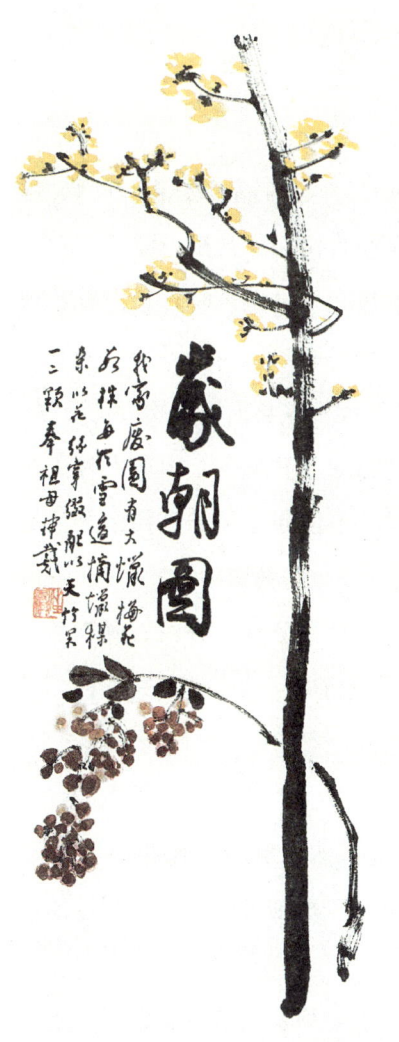

岁朝图　我家废园内有大腊梅花数株，每于雪后摘腊梅朵，以花丝穿缀，配以天竹果一二颗，奉祖母插戴。

色而已。

我走过很多地方，像我们家那样粗壮的腊梅还没有见过。

在安徽黟县参观古民居，几乎家家都有两三丛天竹。有一家有一棵天竹，结了那么多果子，简直是岂有此理！而且颜色是正红——一般天竹果都偏一点紫。我驻足看了半天，已经走出门了，又回去看了一会儿。大概黟县土壤气候特宜天竹。

在杭州茶叶博物馆，看见一个山坡上种了一大片天竹。我去时不是结果的时候，不能断定果子是什么颜色的，但看梗干枝叶都作深紫色，料想果子也是偏紫的。

任伯年画天竹，果极繁密。齐白石画天竹，果较疏；粒大，而色近朱红。叶亦不作羽状。或云此别是一种，湖南人谓之草天竹，未知是否。

养水仙得会"刻"，否则叶子长得很高，花弱而小，甚至花未放蕾即枯瘪。但是画水仙都还是画完整的球茎，极少画刻过的，即福建画家郑乃珖也不画刻过的水仙。刻过的水仙花美，而形态不入画。

北京人家春节供腊梅、天竹者少，因不易得。富贵人家常在大厅里摆两盆梅花（北京谓之"干枝梅"，很不好听），在泥盆外加开光丰彩或景泰蓝套盆，很俗气。穷家过年，也要有一点颜色。很多人家养一盆青蒜。这也算代替水仙了吧。或用大萝卜一个，削去尾，挖去肉，空壳内种蒜，铁丝为箍，以线挂在朝阳的窗下，蒜叶碧绿，萝卜皮通红，萝卜缨翻卷上来，也颇悦目。

广州春节有花市，四时鲜花皆有。曾见刘旦宅画"广州春节花市所见"，画的是一个少妇的背影，背兜里背着一个娃娃，右手抱一大束各种颜色的花，左手拈花一朵，微微回头逗弄娃娃。少妇着白上衣，银灰色长裤，身材很苗条。穿浅黄色拖鞋。轻轻两笔，勾出小巧的脚跟。很美。这幅画最动人之处，正在脚跟两笔。

这样鲜艳的繁花，很难说是"清供"了。

曾见一幅旧画：一间茅屋，一个老者手捧一个瓦罐，内插梅花一枝，正要放到案上，题目："山家除夕无他事，插了梅花便过年。"这才真是"岁朝清供"！

一九九二年十二月三十一日

看 画

上初中的时候,每天放学回家,一路上只要有可以看看的画,我都要走过去看看。

中市口街东有一个画画的,叫张长之,年纪不大,才二十多岁,是个小胖子。小胖子很聪明。他没有学过画,他画画是看会的。画册、画报、裱画店里挂着的画,他看了一会儿就能默记在心。背临出来,大致不差。他的画不中不西,用色很鲜明,所以有人愿意买。他什么都画。人物、花卉、翎毛、草虫都画。只是不画山水。他不只是临摹,有时也"创作"。有一次他画了一个斗方,画一棵芭蕉,一只五彩大公鸡,挂在他的画室里(他的画室是敞开的)。这张画只能自己画着玩玩,买是不会有人买的,谁家会在家里挂一张"鸡巴图"?

他擅长的画体叫做"断简残篇"。一条旧碑帖的拓片(多半是汉隶或魏碑),半张烧糊一角的宋版书的残页,一个裂了缝的扇面,一方端匋斋的印谱……七拼八凑,构成一个画面。画法近

凌霄不附树,独立自凌霄。

丙子清明后二日　汪曾祺

似"颖拓",但是颖拓一般不画这种破破烂烂的东西。他画得很逼真,乍看像是剪贴在纸上的。这种画好像很"雅",而且这种画只有他画,所以有人买。

这个家伙写信不贴邮票,信封上的邮票是他自己画的。

有一阵子,他每天骑了一匹大马在城里兜一圈,呱嗒呱嗒,神气得很。这马是一个营长的。城里只要驻兵,他很快就和军官混得很熟。办法很简单,每人送一套春宫。

一九四七年,我在上海先施公司二楼卖字画的陈列室看到四条"断简残篇",一看署名,正是"张长之"!这家伙混得能到上海来卖画,真不简单。

北门里街东有一个专门画像的画工,此人名叫管又萍。走进他的画室,左边墙上挂着一幅非常醒目的朱元璋八分脸的半身画,高四尺,装在镜框里。朱洪武紫棠色脸,额头、颧骨、下巴,都很突出。这种面相,叫做"五岳朝天"。双眼奕奕,威风内敛,很像一个开国之君。朱皇帝头戴纱帽,着圆领团花织金大红龙袍。这张画不但皮肤、皱纹、眼神画得很"真",纱帽、织金团龙,都画得极其工致。这张画大概是画工平生得意之作,他在画的一角用掺糅篆隶笔意的草书写了自己的名字:管又萍。若干年后,我才体会到管又萍的署名后面所抱注的画工的辛酸。画像的画工是从来不署名的。

青藤书屋尚在，屋矮小。青藤在屋外小院中，依墙盘曲，盖是后来补植。藤下有石砌小池即天池，水颇清。　曾祺记

若干年后，我才认识到管又萍是一个优秀的肖像画家，并认识到中国的肖像画有一套自成体系的肖像画理论和技法。

我的二伯父和我的生母的像都是管又萍画的。二伯父端坐在椅子上，穿着却是明朝的服装，头戴方巾，身着湖蓝色的斜领道袍。这可能是尊重二伯父的遗志，他是反满的。我没有见过二伯父，但是据说是画得很像的。我母亲去世时我才三岁，记不得她的样子，但我相信也是画得很像的，因为画得像我的姐姐，家里人说我姐姐长得很像我母亲。画工画像并不参照照片，是死人断气后，在床前直接勾描的。

然后还得起一个初稿。初稿只画出颜面，画在熟宣纸上，上面蒙了一张单宣，剪出一个椭圆形的洞，像主的面形从椭圆形的洞里露出。要请亲人家属来审查，提意见，胖了，瘦了，颧骨太高，眉毛离得远了……管又萍按照这些意见，修改之后，再请亲属看过，如无意见，即可完稿。然后再画衣服。

画像是要讲价的，讲的不是工钱，而是用多少朱砂，多少石绿，贴多少金箔。

为了给我的二伯母画像，管又萍到我家里和我的父亲谈了几次，所以我知道这些手续。

管又萍的"生意"是很好的，因为他画人很像，全县第一。

这是一个谦恭谨慎的人，说话小声，走路低头。

朱荷不多见，泉州开元寺有之。弘一法师曾住寺中念佛。

出北门，有一家卖画的。因为要下一个坡，而且这家的门总是关着，我没有进去看过。这家的特点是每年端午节前在门前柳树上拉两根绳子，挂出几十张钟馗。饮酒、醉眠、簪花、骑驴，仗剑叱鬼、从鸡笼里掏鸡、往胆瓶里插菖蒲、嫁妹、坐着山轿出巡……大概这家藏有不少种钟馗的画稿，每年只要照描一遍。钟馗在中国人物画里是个很有人性，很有幽默感的可爱的形象。我觉得美术出版社可以把历代画家画的钟馗收集起来出一本《钟馗画谱》，这将是一本非常有趣的画册。这不仅有美术意义，对了解中国文化也是很有意义的。

　　新巷口有一家"画匠店"，这是画画的作坊。所生产的主要是"家神菩萨"。家神菩萨是几个本不相干的家族的混合集体。最上一层是南海观音和善财龙女，当中是关云长和关平、周仓，下面是财神。他们画画是流水作业，"开脸"的是一个人，画衣纹的是另一个人，最后加彩贴金的又是一个人。开脸的是老画匠，做下手活的是小徒弟。画匠店七八个人同时做活，却听不到声音，原来学画匠的大都是哑巴。这不是什么艺术作品，但是也还值得看看。他们画得很熟练，不会有败笔。有些画法也使我得到启发。比如他们画衣纹是先用淡墨勾线，然后在必要的地方用较深的墨加几道，这样就有立体感，不是平面的。我在画匠店里常常能站着看一个小时。

这家画匠店还画"玻璃油画"。在玻璃的反面用油漆画福禄寿或老寿星。这种画是反过来画的,作画程序和正面画完全不同。比如画脸,是先画眉眼五官,后涂肉色;衣服先画图案,后涂底子。这种玻璃油画是作插屏用的。

我们县里有几家裱画店,我每一家都要走进去看看。但所裱的画很少好的。人家有古一点的好画都送到苏州去裱。本地裱工不行,只有一次在北市口的裱画店里看到一幅王匋民写的八尺长的对子,给我留下深刻的印象,我认为王匋民是我们县的第一画家。他的字也很有特点,我到现在还说不准他的字的来源,有章草,又有王铎、倪瓒。他用侧锋写那样大的草书对联,这种风格我还没有见过。

一九九三年六月一日

文章余事

写字·画画·做饭

我正经练字是在小学五年级暑假。我的祖父不知道为什么一高兴,要亲自教我这个孙子。每天早饭后,讲《论语》一节,要读熟,读后,要写一篇叫做"义"体的短文。"义"是把《论语》的几句话发挥一通,这其实是八股文的初阶,祖父很欣赏我的文笔,说是若在"前清",进学是不成问题的。另外,还要写大字、小字各一张。这间屋子分里外间,里间是一个佛堂,供着一尊铜佛。外间是祖母放置杂物的地方,房梁上挂了好些干菜和晾干了的棕叶,我就在干菜、棕叶的气味中读书、作文、写字。下午,就放学了,随我自己玩。

祖父叫我临的大字帖是裴休的《圭峰定慧禅师碑》,是他从藏帖中选出来的,裴休写碑不多见,我也只见过这一种。裴休的字写得安静平和,不像颜字柳字那样的筋骨弩张。祖父所以选中

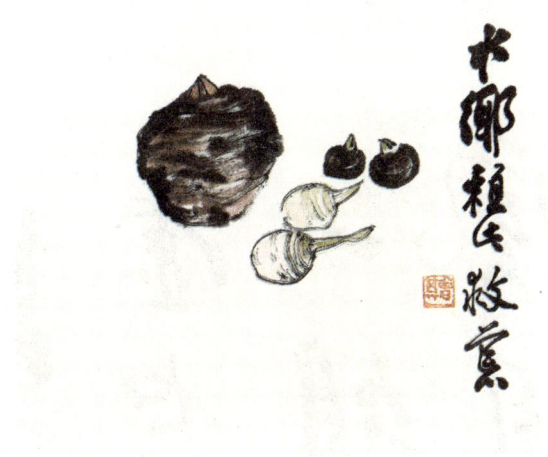

水乡赖此救荒

这部帖,道理也许在此。

小学六年级暑假,我在三姑父家从韦子廉先生学。韦先生每天讲一篇桐城派古文,让我们写篇大字。韦先生是写魏碑的,曾临北碑各体,他叫我临的是《多宝塔》。《多宝塔》是颜字里写得最清秀的,不像《大字麻姑仙坛》那样重浊。

有人说中国的书法坏于颜真卿,未免偏激。任何人写碗口大的字,恐怕都得有点颜书笔意,蔡襄以写行草擅名,福州鼓山上有他的两处题名,写的是正书,那是颜体。董其昌行书秀逸,写大字却用颜体。歙县有许多牌坊,坊额传为董其昌书,是颜体。

读初中后,父亲建议我写写魏碑,写《张猛龙》。他买来一种稻草做的高二尺,宽尺半,粗而厚的纸,我每天写满一张。

《圭峰碑》《多宝塔》《张猛龙》,这是我的书法的底子。

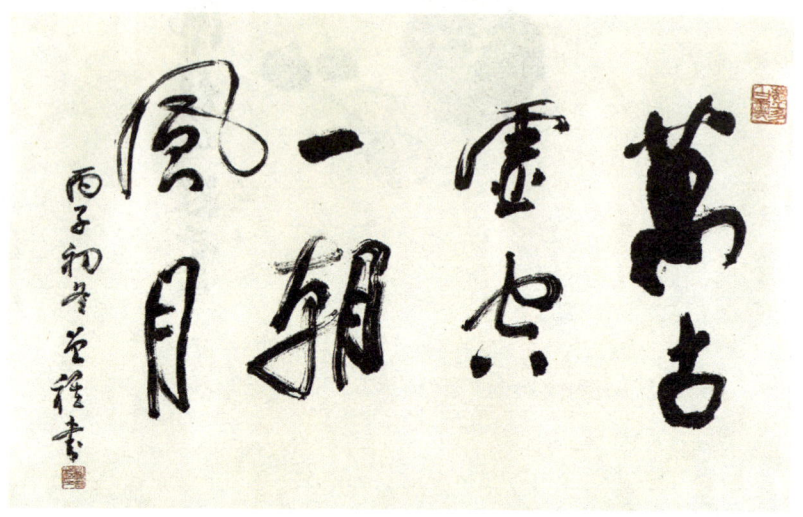

万古虚空　一朝风月　丙子初冬　曾祺书

祖父拿给我临的小楷是赵子昂的《闲邪公家传》，我后来临过《黄庭》《乐毅》，时间都很短。一九四三年云南大学成立了一个曲社，拍曲子。曲谱石印，要有人在特制的石印纸上，用特制的石印墨汁，端楷写出印制。这差事落在我的头上。我凝神静气地写了几十出曲谱，用的是晋人小楷笔意，我的晋人笔意不是靠临摹，而是靠"看"，看来的。

有一个时期，我写的小楷效法倪云林、石涛。

一九四七、四八年我还能用结体微扁的晋人小楷用毛笔在毛边纸上写稿、写信。以后改用钢笔，小楷功夫就荒废了。

红桃曾照秦时月,黄菊重开陶令花。
大乱十年成一梦,与君安坐吃擂茶。
旧作宿桃花源　丙子入冬　曾祺

习字,除了临摹,还要多看,即"读帖",我的字受"宋四家"(苏、黄、米、蔡)的影响,但我并未临过"宋四家",是因为爱看,于不知不觉中受了感染。

对于"宋四家",自来书法家颇多贬词。有人以为中国书法一坏于颜真卿,二坏于"宋四家",这话不能说毫无道理。"宋四家"对于二王,对于欧薛,确实是一种破坏。但是,也是革新。宋人书法的特点是解放,有较多的自由,较多的个性。"四家"的"蔡"本指蔡京,因为蔡京人太坏,被开除了,代之以蔡襄。其实蔡京的字是写得很好的,有人以为应为"四家"之冠,我同意。苏东坡多有偏锋,书体颇近甜俗。黄山谷长撇大捺,做作。米芾字不宜多看,多看了会受其影响,终身摆脱不开。米字流畅洒脱,而书品不高,他自称是"臣书刷字"。我的书品也只是尔尔,无可奈何!

我没有正式学过画。我父亲是画家,年轻时画过工笔画,中年后画写意花卉。他没有教过我,只是在他作画时,我爱在旁边看,给他抻抻纸。我家有不少珂罗版印的画册,我没事时就翻来覆去一本一本地看。画册以四王最多,还有,不知为什么有好几本蓝四叔的。我对四王、蓝四叔都没有太大兴趣,及见徐青藤、陈白阳及石涛画,乃大好之。我作画只是自己瞎抹,无师法。要说有,就是这几家(石涛偶亦画花卉,皆极精)。我作画不写生,只是凭印象画。曾为《中国作家》画水仙,另纸题诗一首,中有句云:"草花随目见,鱼鸟略似真。"我画的鸟,我的女儿称之为"长嘴大眼鸟"。我的孙女有一次看艺术纪录片《八大山人》,说:"爷爷画的鸟像八大山人——大眼睛。"写意画要有随意性,不能过事经营,画得太理智。我作画,大体上有一点构思,便信笔涂抹,墨色浓淡,并非预想。画中国画的快乐也在此。曾请人刻了两方闲章,刻的是陶弘景的两句诗:"岭上多白云","只可自怡悦"。有人撺掇我开展览会,我笑笑,我的画作为一个作家的画,还看得过去,要跻身画家行列,是会令画师齿冷的。

  有人说写字,画画,也是一种气功。这话有点道理。写字、画画是一种内在的运动。写字,画画,都要把心沉下来,齐白石题画曰:"心闲气静时一挥。"心浮气躁时写字、画画,必不能佳。写字画画可以养性,故书画家多长寿。

  我不会做什么菜。可是不知道怎么竟会弄得名闻海峡两岸。这是因为有过几位台湾朋友在我家吃过我做的菜,大事宣传而造成的。我只能做几个家常菜。大菜,我做不了。我到海南岛去,东道主送了我好些鱼翅、燕窝,我放在那里一直没有动,因为不知道怎么做。有一点特色,可以称为我家小菜保留节目的有这些:

  拌荠菜、拌菠菜。荠菜焯熟,切碎,香干切米粒大,与荠菜同拌,在盘中用手抟成宝塔状。塔顶放泡好的海米,上堆姜米、蒜米。

好酱油、醋、香油放在茶杯内，荠菜上桌后，浇在顶上，将荠菜推倒，拌匀，即可下箸。佐酒甚妙。没有荠菜的季节，可用嫩菠菜以同法制。这样做的拌菠菜比北京用芝麻酱拌的要好吃得多。这道菜已经在北京的几位作家中推广，凡试做者，无不成功。

干丝。这是淮扬菜，旧只有烫干丝，大白豆腐干片为薄片（刀工好的师傅一块豆腐干能片十六片），再切为细丝。酱油、醋、香油调好备用。干丝用开水烫后，上放青蒜米、姜丝（要嫩姜，切极细），将调料淋下，即得。这本是茶馆中在点心未蒸熟之前，先上桌佐茶的闲食，后来饭馆里也当一道菜卖了。煮干丝的历史我想不超过一百年。上汤（鸡汤或骨头汤）加火腿丝、鸡丝、冬菇丝、虾籽同熬（什么鲜东西都可以往里搁），下干丝，加盐，略加酱油，使微有色，煮两三开，加姜丝，即可上桌。聂华苓有一次上我家来，吃得非常开心，最后连汤汁都端起来喝了。北京大方豆腐干甚少见，可用豆腐片代。干丝重要的是刀工。袁子才谓"有味者使之出，无味者使之入"，干丝切得极细，方能入味。

烧小萝卜。台湾陈怡真到北京来，指名要我做菜，我给她做了几个菜，有一道是烧小萝卜，我知道台湾没有小红水萝卜（台湾只有白萝卜）。做菜看对象，要做客人没有吃过的，才觉新鲜。北京小水萝卜一年里只有几天最好。早几天，萝卜没长好，少水分，发艮，且有辣味，不甜；过了这几天，又长过了，糠。陈怡真运气好，正赶上小萝卜最好的时候。她吃了，赞不绝口。我做的烧小萝卜

丙子　曾祺

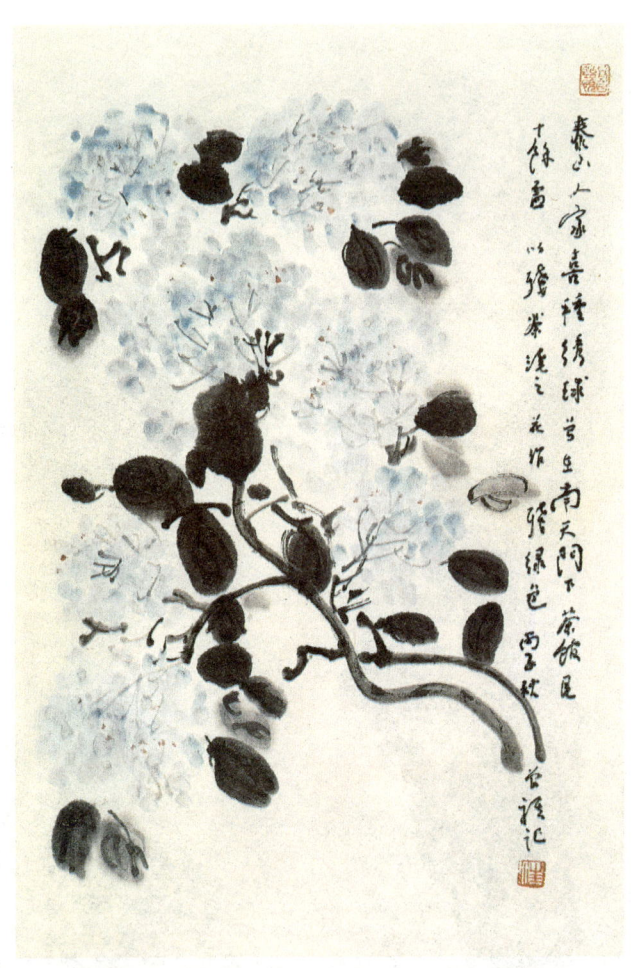

泰山人家喜种绣球，曾在南天门下茶馆见十余盆，以残茶浇之，花作残绿色。 丙子秋 曾祺记

确实很好吃，因为是用干贝烧的。"粗菜细做"，是制家常菜不二法门。

塞肉回锅油条。这是我的发明，可以申请专利。油条切成寸半长的小段，用手指将内层掏出空隙，塞入肉蓉、葱花、榨菜末，下油锅重炸。油条有矾，较之春卷尤有风味。回锅油条极酥脆，嚼之真可声动十里人。

炒青苞谷。新玉米剥出粒，与瘦猪肉末同炒，加青辣椒。昆明菜。

其余的菜如冰糖肘子、腐乳肉、腌笃鲜、水煮牛肉、干煸牛肉丝、冬笋雪里蕻炒鸡丝、清蒸轻盐黄花鱼、川冬菜炒碎肉……大家都会做，也都是那个做法，不列举。

做菜要有想象力，爱捉摸，如苏东坡所说，"忽出新意"；要多实践，学做一样菜总得失败几次，方能得其要领；也需要翻翻食谱。在我所看的闲书中，食谱占一个重要地位。食谱中写得最好的，我以为还得数袁子才的《随园食单》。这家伙确实很会吃，而且能说出个道道。如前面所说："有味者使之出，无味者使之入。"实是经验的总结。"荤菜素油炒，素菜荤油炒"，尤为至理名言。

做菜的乐趣第一是买菜，我做菜都是自己去买的。到菜市场要走一段路，这也是散步，是运动。我什么功也不练，只练"买菜功"。我不爱逛商店，爱逛菜市。看看那些碧绿生青、新鲜水灵的瓜菜，令人感到生之喜悦。其次是切菜、炒菜都得站着，对于一个终日伏案的人来说，改变一下身体的姿势是有好处的。最大的乐趣还是看家人或客人吃得很高兴，盘盘见底。做菜的人一般吃菜很少。我的菜端上来之后，我只是每样尝两筷，然后就坐着抽烟、喝茶、喝酒。从这点说起来，愿意做菜给别人吃的人是比较不自私的。

诗曰：

年年岁岁一床书，
弄笔晴窗且自娱。
更有一般堪笑处，
六平方米作郇厨。

一九九三年八月十三日
载一九九三年第六期《今日生活》

创作的随意性

我有一次到中国美术馆看齐白石画展。有一幅尺页,画的是荔枝,其时李可染恰恰在我的旁边,说:"这张画我是看着他画的。荔枝是红的,忽然画了两颗黑的,真是神来之笔!"这是"灵机一动",可以说是即兴,也可以说是创作过程中的随意性。

作画,总得先有个想法,有一片思想,一团感情,一个大体的设计,然后落笔,一般说,都是意在笔先。但也可以意到笔到。甚至笔在意先,跟着感觉走。

叶燮论诗,谓如泰山出云,如果事前想好先出哪一朵,后出哪一朵,怎样流动,怎样堆积,那泰山就出不成云了,只是随意而出,自成文章。这说得有点绝对,但是写诗作画,主要靠情绪,不能全凭理智。这是对的。

郑板桥反对"胸有成竹",说胸中之竹,已非眼中之竹,笔下之竹又非胸中之竹。事实也正是这样,如果把胸中的成竹一枝一叶原封不动地移在纸上,那竹子是画不成的。即文与可也并不如是，文与可的竹子是比较工整的，但也看出有"临场发挥"处，即有随意性。

写字、作诗、作画完成之后，不会和构思时完全一样。"殆其篇成，半折心始"。

也有这样的画家，技巧熟练，对纸墨的性能掌握得很好，清楚地知道，这一笔落到纸上，会有什么样的效果，作画是很理智的。这样的画，虽是创作，实同临摹。

一九九三年九月十一日

文人与书法

自古以来很多文人的字是写得很好的。

李白的《上阳台诗》是不是真迹还有争议，但杜牧的《张好好诗》没问题。宋四家都是文学家兼书法家。宋人是很懂书法之美的。苏东坡自己说得很明确："我虽不善书，晓书莫如我。"他本人确实懂字。他的字很多，我觉得不如蔡京的，蔡京字好人不好，但不能因人废书。

也有文人的字写得不好。我见过司马光的一件作品，字不好。四川乐山有他一块碑，写得还可以。他不算书法家，但他的字很有味，是大学问家写的字。大学问家字写得不好的还有不少，如龚定庵。他一生没当过翰林，就是因为书法不行。他中过进士，但没点翰林。他的字虽然不好，但很有味。这种文人书法的"味"，常常不是职业书法家所能达到的。

我觉得要重视书法。我到过台湾，有一个感觉。台湾的牌匾，大部分是欧体，不像我们这里的字龙飞凤舞、非隶非篆。台湾是

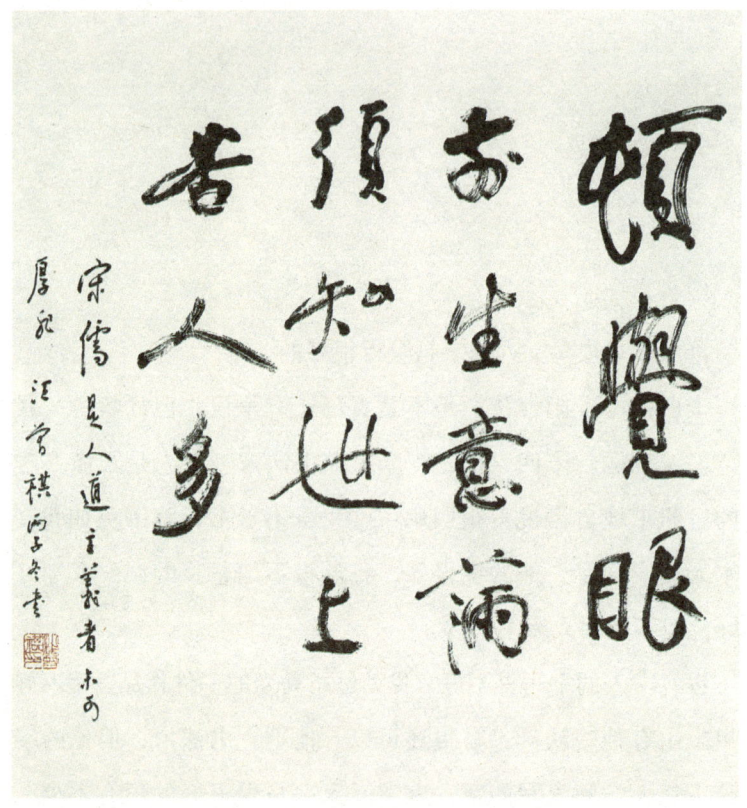

顿觉眼前生意满　须知世上苦人多　宋儒是人道主义者，未可厚非。汪曾祺　丙子冬书

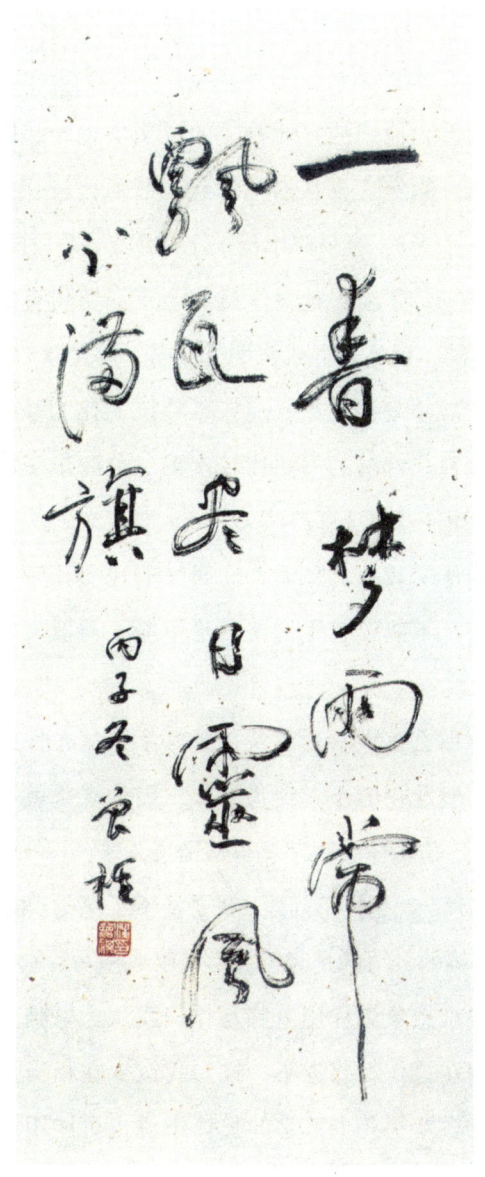

一春梦雨常飘瓦　尽日灵风不满旗　丙子冬　曾祺

欧体、唐楷居多，他们故宫博物院的说明书也全是欧体。这使我想到一个问题，写字还要从楷书学起。楷书比较规整的是欧体。如果一开始就写颜体，容易叫小孩把字写坏了。茅盾的字有点欧味，有人说像成亲王，茅公说他没学过成亲王。扬州有人考证茅公的字是从欧字来的，但不是九成宫那类楷书，而是欧的行书体。

书法的发展不是孤立的，应该以传统文化为基础。台湾对传统文化比较重视。台湾的书法比较端正。台湾很多作家能背很多古文。台湾的教科书中没有白话文，全是文言文。这样做不一定对。但是从我们的语文教材比例看，文言文的比重比较少。我认为，作为一个作家，不熟读若干古文，是不适于写散文的，小说另当别论。

现在，有那么多人喜欢书法，爱好字，这是件好事。写字应该从小抓起，但现在的小学生很麻烦，因为老师就不懂书法，写的都是印刷体、仿宋体。写字还得从楷书入手。

还有个麻烦，就是换笔问题。我是换不了笔的。相当多年以前，我是用毛笔写稿的，写的是竖行。后来改成横写，别扭了好几年。到现在我也很难想象怎样用电脑写作，我认为电脑写作是机器在写作而不是我在写作，感觉不一样。我至少在相当长的时间里办不到这一点。当然写几十万字的长篇小说也可能用电脑更方便，我因为不写长东西，所以还是喜欢用笔。换笔对于书法发展的影响，也是一个值得注意的问题。

现在有一个书协，会员那么多，成就那么大，这是很令人欣慰的事。要写好字，有必要强调基本功。现在写篆隶，有的人是有真功夫的，有的是花架子。应该首先把楷书、行书写好。有人写很大的篆隶，题款不像样子，行书都不会写。现在还有人鼓励小孩子篆隶，我以为不妥，还是先写楷书为好。

中国的毛笔应该怎样做，也很值得商讨。唐以前用的不是羊毫，但现在硬毫太少了，羊毫长锋盛行。日本书法多是狼毫写的，我们现在的笔是大肥肚子，写不了多少字就掉毛。毛笔制作也要不拘一格，这样才有利于书法的发展。早年胡小石在昆明时，正赶上灭鼠运动，他借机攒了不少鼠须用来制笔，他的字有不少就是用鼠须笔写的。

根据谈话整理

载一九九四年第五期《中国书法》

题画二则

（一）

梅畹华家牵牛花碗大，人谓外人种也，余画其最小者。

齐白石为荣宝斋画笺纸并题

白石题语很幽默，很有风趣。

白石老人尝谓：吾诗第一，字第二，画第三。此言有些道理。画之品位高低决定画中是否有诗，有多少诗。画某物即某物，即少内涵，无意境，无感慨，无嬉笑怒骂、苦辣酸甜。有些画家，功力非不深厚，但恨少诗意。他们的画一般都不题诗，只是记年月。徐悲鸿即为不善题画而深深遗憾。

我一贯主张，美术学院应延聘名师教学生写诗，写词，写散文。一个画家，首先得是诗人。

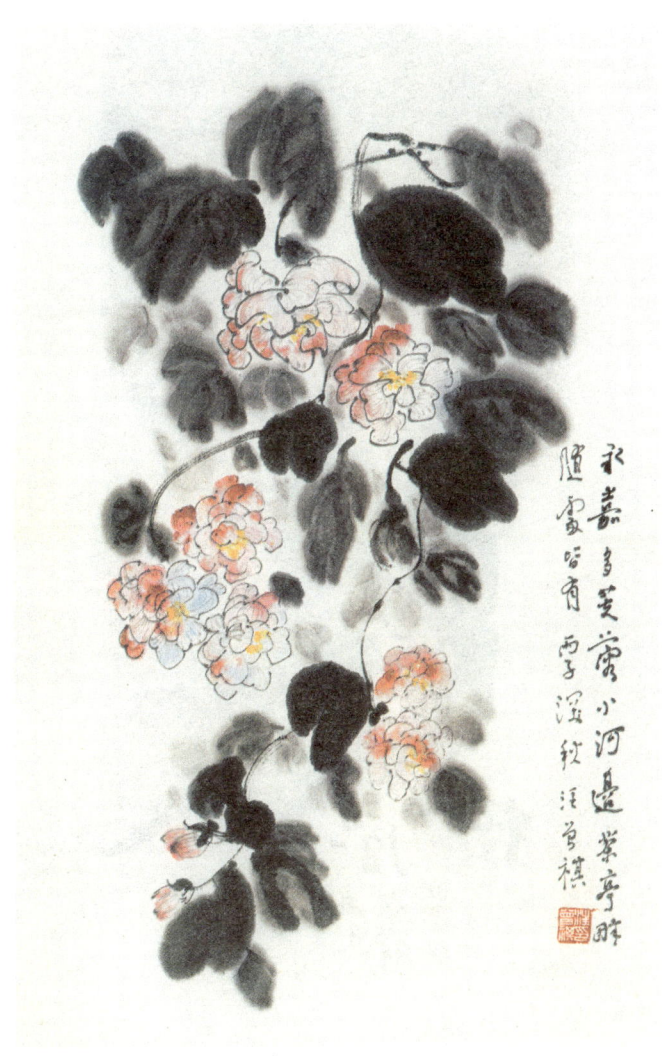

永嘉多芙蓉，小河边，茶亭畔，随处皆有。　丙子深秋　汪曾祺

风入松　丙子寒露　汪曾祺

（二）

　　天竹是灌木，别有草本者。齐白石曾画。他爱画草本天竹，因为是他乡之物。而我宁取木本者，以其坚挺结实，果粒色也较深。齐白石自画其草本天竹，我画我的。谁也管不着谁。

　　天竹和腊梅是春节胜景，天然的搭配。我的家乡特重白色花心的腊梅，美之为"冰心腊梅"，而将紫色花心的一种贬之为"狗心腊梅"。古人则重紫心的，称为"磬口檀心"。对花木的高低褒贬也和对人一样，一人一个说法，只好由他去说。

一九九六年一月

载一九九六年第三期《随笔》

张郎且莫笑郭郎

我从小就爱看漫画。家里订了老《申报》,《申报》有杂文版,杂文版每天有一幅漫画,漫画的作者是杨清磬和丁悚。丁悚即丁聪的父亲,人称"老丁"。丁聪所以被称为"小丁",大概和他的令尊称为"老丁"有关。杨清磬和丁悚好像是包了这块地盘,"轮流值班",一天不落。他们作画都很勤,而画风互异,一望而知。杨清磬用笔柔细飘逸,而丁悚则比较奔放老辣,于人事有较深的感慨。我曾经见过一张老丁的画,画面简练:一个人在扬袖而舞;另一人据案饮酒,神情似在对舞者的嘲笑。画之右侧题诗一首:

张郎当筵笑郭郎,
笑他舞袖太郎当。
若教张郎当筵舞,
恐更郎当舞袖长。

林则徐充军伊犁,后赦归至河南,督治河工,离伊犁时有诗句云:格登山色伊江水,回首依依勒马看。此画伊犁河所见。我到新疆在一九八二年,距今十四年矣。 一九九六年秋 曾祺记

孤雁头上戴霜来　丙子初冬　汪曾祺

不知道是谁的诗,是老丁自己的大作还是借用别人的?诗是通俗好懂的,但是很有意思,读起来也很好听,因此我看过就记住了,差不多过了七十年了,还记得。人的记忆也很怪。不过主要还是因为诗和画都好。

现在能画这样的画——笔意在国画和漫画之间,能题这样也深也浅、富于阅历的诗的画家似乎没有了。这样的画家要具备两个条件:一是得是画家,二是得是诗人。

我曾把老丁题画诗抄给小丁,他说他一点印象也没有,岂有此理!

小丁说他对老大人的画,一张也没有保留下来。我建议丁聪在其"家长"协助下,把丁悚的作品搜集搜集,出一本《丁悚画集》。这对丁悚是个纪念,同时也可供医学界研究小丁身上的遗传基因是怎样来的。

载一九九七年一月十日《南方周末》

潘天寿的倔脾气

潘天寿曾到北京开画展,《光明日报》出了一版特刊,刊头由康生题了两行字:

画师魁首
艺苑班头

这使得很多画家不服。

过了几年,"文革"开始,"金棍子"姚文元对潘天寿进行了大批判,称之为"反革命画家"。

康生和姚文元都是"无产阶级司令部"管意识形态的,一前一后,对潘天寿的评价竟然如此悬殊,实在令人难解。康生后来有没有改口,没听说,不过此人善于翻云覆雨,对他说过的话常会赖账,姑且不去管他。姚文元只凭一个画家的画就定为"反革命",下手实在太狠了。姚文元的批判文章很长,不能悉记,只约略记

遍青山啼红了杜鹃　曾祺　丙子

得说从潘天寿的画来看，他对现实不满，对新社会有刻骨的仇恨等等。

姚文元的话不是一点"道理"没有，潘天寿很少画过歌功颂德的画（偶尔也有，如《运粮图》）。他的画有些是"有情绪"的。他用笔很硬，构图也常反常规。他的名作《雁荡山花》用平行构图，

张家口坝上有芍药山，整个山头都是野生芍药。一九九六年十一月忆写印象。我在坝上是一九六零年，距今三十六年矣。　汪曾祺

各种山花，排队似的站着，不欹侧取势；用墨也一律是浓墨勾勒，不以浓淡分远近，这些都是画家之大忌。山花茎叶瘦硬，真是"山花"，是在少雨露、多砂砾的恶劣环境的石缝中挣扎出来的。然而这些花还是火一样使劲地开着，显出顽强坚挺的生命力，这样的山花使一些人得到鼓舞，也使一些人觉得不舒服——如姚文元。

潘天寿画鸟有个特点。一般画鸟，鸟的头大都是朝着画里，对娇艳的花叶流露出欣喜的感激；潘天寿的鸟都是眼朝画外，似乎愤愤不平，对画里的花花世界不屑一顾。

在展览会上见过他的一幅雏鸡图，题曰：××农场所见。这是一只半大雏公鸡，背身，羽毛未丰，肌肉鼓突，一只腿上拖了一只烂草鞋。看了，使人感到这只小公鸡非常别扭。说潘天寿此画是有感而发，感同身受，我想这不为过分。

姚文元对这样的画恨之入骨，必欲置潘天寿于死地，说明这个既残忍又懦弱的阴谋家还是敏感的。

问题是在画里略抒愤懑，稍发不平之气，可以不可以？

不要使画家都变成如意馆的待诏。

载一九九七年二月十四日《南方周末》

只可自怡悦，不堪持赠君

——《当代才子书》序

我本来不赞成用"当代才子书"作为这一套书的总名，觉得这有点大言不惭、自我吹嘘的味道。野莽的主意已定，不想更改，只好由他摆布，即便引起某些人的侧目，也只好不说什么。

"才子"之名甚古，《左传·文公十八年》云"昔高阳氏有才子八人"。这里的"才子"指德才兼备之士。称有才的文士为"才子"始于唐朝。《新唐书·元稹传》："稹尤长于诗，与白居易名相埒……宫中呼为'元才子'。"宋人称为才子者不多。元、明始盛行。最有代表性的是唐伯虎。"才子"往往与"风流"相连，多放浪形骸，不拘礼法，喜欢女人，亦为女人所喜欢，"才子"与"佳人"是"天生的好一对儿"，"才子佳人信有之"，唐伯虎可称才子魁首，他不是点过秋香么？"才子书"大概是金圣叹兴起来的。他把他评点的书称为"才子书"，从第一才子书直至第九才子书。他的选择是有具眼的。野莽编的这一套书称得起是"才子书"么？

万古虚空　一朝风月　丙子　曾祺

别人不知道,我是愧不敢当的。

这套书的编法有点特别,是除了文学作品外,还收入了作者的字画,而作者又大都无官职。"三绝诗书画,一官归去来。"从这一点说,叫做"当代才子书"亦无不可。

我的字应该说还是有点功力的,我写过裴休的《圭峰定慧禅师碑》、颜真卿的《多宝塔》,写过相当长时期《张猛龙》、褚河南的《圣教序》。后来读了一些晋唐人法帖及宋四家的影印真迹。我有一个时期爱看米芾的字,觉得他的用笔虽是"臣书刷字",而结体善于"侵让",欹侧取势,姿媚横生。后来发现米字不宜多看,多看则易受影响,以至不能自拔。然而没有办法,到现在我的字还有米字的霸气。我并不喜欢黄山谷的字,而近年作字每多长撇大捺,近乎做作。我没有临过瘦金体,偶尔写对联,舒张处忽有瘦金书味道。一个人写过多种碑帖,下笔乃成大杂烩,中年书体较丰腴,晚年渐归枯硬,这说明我确实老了。

我学画无师承,我父亲是画家,但因为在高邮这么个小地方,见过的名家真迹较少,仅为"一方之士",很难说是大家。他作画时我总是站在一边看,受其熏陶,略知用笔间架。小时我倒是"以画名"的,高中以后,因为数理化功课紧,除了壁报上的刊头,就很少拈画笔了。大学,和以后教中学,极少画画,因无纸笔。再以后当编辑,没有人知道我会画几笔画。当右派以后我倒在一个农业科学研究所画了两套画页:《中国马铃薯图谱》和《口

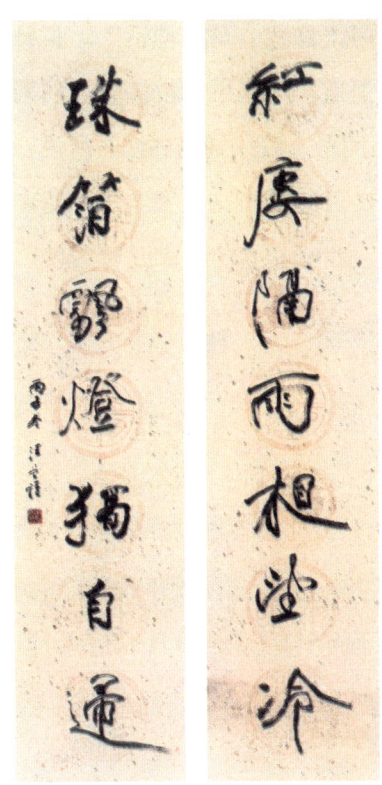

红楼隔雨相望冷　珠箔飘灯独自归
丙子冬　汪曾祺

矮纸斜行闲作草　晴窗细乳试分茶
放翁句　丙子冬　汪曾祺

蘑图谱》！一直到"文化大革命"结束后，给我立了专案，让我交代和江青的关系，整天写检查，写了好些"车轱辘话"。长日无聊，我就买了一刀元书纸，作画消遣。不想被一位搞舞美的同志要去裱了，于是画名复振，一发不可收。我很同意齐白石所说：作画太似则为媚俗，不似则为欺世，因此所画花卉多半工半写。我画不了大写意，也不耐烦画工笔。我最喜欢的画家是徐青藤、陈白阳。我的画往好里说是有逸气，无常法。近年画用笔渐趋酣畅，布色时成鲜浓，说明我还没有老透，精力还饱满，是可欣喜也。我的画也正如我的小说散文一样，不今不古，不中不西。

关于我的散文、小说，已有不少人写过评论，故不及。

一九九七年三月十四日

载一九九七年第三期《当代作家》

齐白石的童心

曾见齐白石册页四开，都很有趣，内一开画淡蓝色的藤花数穗，很多很多野蜜蜂，在花间上下乱飞，用金冬心体作了颇长的题跋：

> 家山有野藤，花时游蜂无数，×孙小时为蜂所螫。此×孙能作此藤花矣。静思往事，如在目底。

题跋似明人小品，极有风致。"静思往事，如在目底"，用老人的家乡话说："此言说得有味。"

事隔多年，画和题跋都不忘。题跋字句或小有出入，老人的孙子的名已模糊，只好以"×"代之。此画已印为单页，倘或有缘再见，当逐字核对。

此画之美，在于有一片温情，一片童心，一片人道主义。第一流的画家所以高出平庸的（尽管技法很熟练）的画家，分别正在一个有童心，一个"冇"。

载一九九七年四月十一日《南方周末》

论精品意识

——与友人书

"精品意识"是一个很好的提法。

写字作画，首先得有激情。要有情绪，为一人、一事、一朵花、一片色彩感动。有一种意向、一团兴致，勃勃然郁积于胸中，势欲喷吐而出。先有感情，后有物象。宋儒谓未有此事物，先有此事物之理，是有道理的。张大千以为气韵生动第一，其次才是章法结构，是有道理的。气韵是本体，章法结构是派生的。

作画写字当然要有理智、要练笔，要惨淡经营，有时要打草稿。曾见过齐白石画棉花草稿，用淡墨勾出棉花的枝叶，还注明草的朵瓣、叶的颜色。他有一张搔背图稿子，自己批注曰："手臂太长。"此可证明老人并不欺世，"作业"做得很认真。但是练笔起稿不是创作，只是创作的准备。创作时还是首先得"运气"，得有"临场发挥"。郑板桥论画竹：谓"胸中之竹已非园中之竹，纸上之竹又非胸中之竹矣"，良是。文与可、朱升之竹觉犹过于

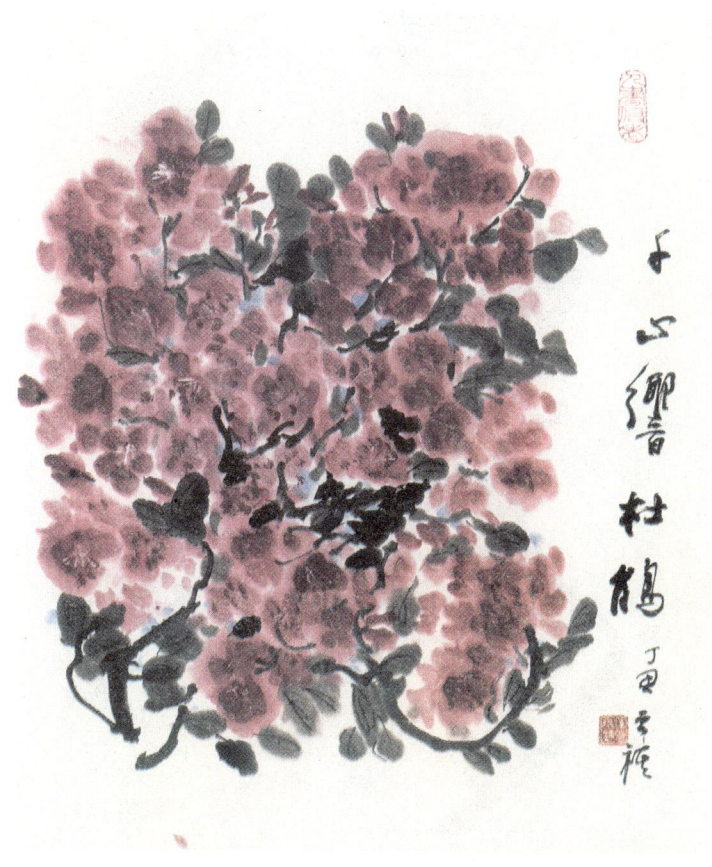

千山响杜鹃　丁丑　曾祺

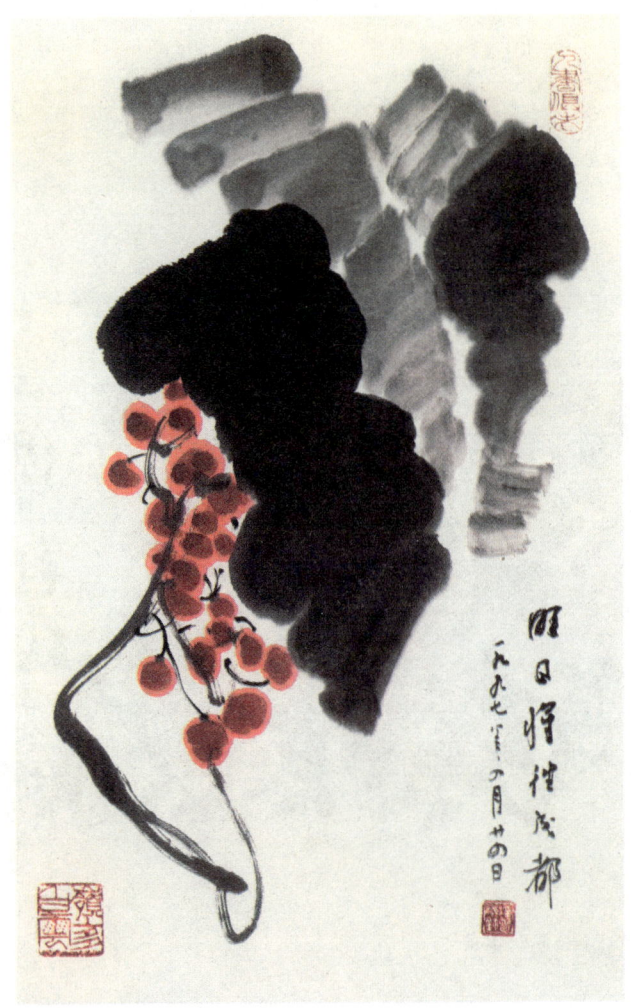

明日将往成都　一九九七年四月廿四日

为杨扬画其外公园中蝴蝶花　曾祺　丁丑

理智，过于严谨，少随意性，反不如明清以后画竹之萧散。曾看齐白石画展，见一册页，画荔枝，不禁驻足留连。时李可染适在旁边，说老人画此开时，李可染是看着他画的。画已接近完成，老人拈笔涂了两个黑荔枝，真是神来之笔。老人画荔枝多是在浅红底子上以西洋红点成。荔枝也没有黑的。老人只是觉得要一点黑，便濡墨飞了两个墨黑的小球，而全画遂跳出，红荔枝更加鲜活水灵。老人画黑荔枝是原先完全没有想到的，是一时兴起，是谓"天成"。黄永玉在蓝印染布上画了各式各样的鸟，有一只鸟，永玉说："这只鸟我自己也不知道是怎么画出来的。"

写字画画是一种高度兴奋的精神劳动，需要机遇。形象随时都有，一把抓住，却是瞬息间事。心手俱到，纸墨相生，并非常有。"殆乎篇成，半折心始"，有时也会产生超过预期的艺术效果。"惬意"的作品，古人谓之"合作"——不是大家一起共同画一张画，而是达到甚至超过预期效果的作品。"合作"，也就是今天所说的"精品"。搞出一个精品，是最大的快乐。"提刀却立，四顾踌躇"，虽南面王不与易也。

必须有"精品意识"，才能有"精品"。现在是商品经济时代，艺术是有偿劳动，是要卖钱的。但是在进入艺术创作时，必须把这些忘掉。艺术要卖钱，但不能只是想卖钱，而是想要精品。

搞出一件精品，便是给此世界一点新东西，开拓了一个新的艺术品种，要创造。世界上本没有"抒情纪录片"，有之，自伊文斯开始。他拍了《鹿特丹之雨》，才开始有"抒情纪录片"这玩意。吾师乎！吾师乎！

老是想钱，制造出来的不会是精品，而是"凡品"。萝卜快了不洗泥，是糟踏自己。老是搞凡品，是白活了一场。

生年不满百，能着几双屐。不要浪费生命。

言不尽意，诸惟保重不宣。

　　　　　　　载一九九七年四月二十九日《文汇报》

汪曾祺与书画(代跋)

汪 朝

说句实话,我来谈这个题目,实在不够资格。首先,我不懂书画;其次,我也不能说很懂我父亲。只能说说我眼中的父亲与他的书画了。

父亲会画画,喜欢画,这我们早就知道。家里曾有一本莫扎特的歌剧曲谱,是五线谱,谁都不识,不知从哪儿来的。但开本比较大,好像是16开,印刷很精美,封面封底是淡黄色的硬厚纸。父亲在封底上画了一幅钢笔画头像,线条流畅,笔法飘逸。我和姐姐正在上小学,都爱画小人,所以对这幅画很感兴趣,我问姐姐:"这画的是谁呀?"姐姐琢磨了一会儿,恍然大悟:"这是爸的自画像!"我们俩哈哈大笑,"什么呀,一点都不像,爸的眼睛哪有这么大,爸哪有这么漂亮!"自此,我们对父亲的绘画水平已经有了一个基本的评价,我觉得他画得还不如我那个会画画的同桌。父亲的字很好,清雅俊逸。他右派"摘帽"回到北京后,在北京京剧团当编剧，有一段时间为剧团写过字幕，在宽不过四寸的玻璃纸卷上用蝇头小楷竖行书写，不能出错。我们那时候住的是木结构的房子，很不隔音，动静大了，父亲就会"嗯"的一声，更多的是在夜间书写，安静。据说，陈伯达去看戏，还称赞过父亲的字写得好。

20世纪60年代中期，父亲和母亲带我们去美术馆看过一次齐白石画展，之后就是史无前例的"文化大革命"了。粉碎"四人帮"后，父亲由于是样板戏《沙家浜》的作者受审，那段时间他先是愤懑、痛苦、委屈，后来逐渐平静下来，无所事事。我和姐姐陪着他逛公园，划船、遛弯儿，还陪他到故宫去，那时候门票很便宜，所以去过好几趟。父亲对于我们喜欢去的御花园、珍宝馆、钟表馆没有什么兴趣，他愿意去的是书画馆。书画馆的展品经常换，但父亲对这些画却非常熟悉，如数家珍，他告诉我，这幅宋徽宗的工笔花鸟有什么特点，那幅郑板桥的字是什么内容。有一次刚一迈进书画馆的门，还隔得老远，他就指着一幅画说："唐寅的。"走到跟前一看，果然。父亲十分得意地笑了。可惜我对于书画一无所知，只是陪着他瞎逛，有时觉得他太张扬了，还让他小声点。父亲画了一幅画压在玻璃板下面，半本书大小的元书纸上画了一只长嘴大眼鸟，一脚蜷缩，白眼向天，旁边有八个字：八大山人无此霸悍。哥哥的一个同学看了问，这是什么意思？哥哥笑嘻嘻地说，八大山人是清代一个很有名的画家。那个同学说："噢，明白了，就是说八大山人也没这么狂！"这幅画是父亲宣泄情绪时画的，可惜没有保存下来。

70年代末，父亲开始恢复小说、散文写作，心境渐渐开朗，有时高兴了画点画儿。他先是给好朋友朱德熙画了幅墨菊，朱伯伯很爱惜地镶在镜框里挂在墙上。有几个朋友看到了很欣赏，都要父亲画。于是一发而不可收。其实条件很简陋，父亲舍不得买宣纸。连颜色都没有，只有墨色一种。1983年夏天，我们搬了家，父亲终于有了一间自己的屋子。尽管极小，尽管集写作、睡觉、待客于一室，但他已经很知足了。在原来的住处他想写作，已经构思好了，却没有一张桌子，有时我上夜班刚睡起来，他就急急忙忙冲进来，铺开稿纸就写。我们都笑说，老头儿就像只母鸡，憋好了一个蛋，却没有窝来下。搬家后，母亲为他买了一张大书桌，于是父亲正正规规地画起画来。很快，他的小屋就到处堆满了画好的画，一卷卷，一堆堆，有时候连个下脚的地方也没有。由于父亲在家里很没地位，因此他的画也不怎么受重视。我们经常胡说八道，横加指责："留那么多的空白干嘛，你真浪费！""鸟哪有这么大的眼睛和嘴呀？一点都不像！""爸，你画的花，杆子都这么老长，是不是底下不会画了，只好一笔拉下来？"父亲对于我们这些毫无道理的"攻击"，除了翻翻白眼，置之不理以外，别无他法。父亲很能凑合，有时候颜色用光了，他竟然用菠菜汁代替绿色，牙膏充当白色，还洋洋得意。多年后，我们整理他的画稿，一眼就看出哪张是用菠菜汁画的——

绿色已经变成赭石色了。

对父亲的字,我们是没有资格评价的。他自己文章里写过,他在十多岁时,比较认真地临过一个时期的帖,在三个暑假里曾跟祖父和一个姓韦的先生读古文和写字。临过的帖有《圭峰碑》《闲邪公家传》《多宝塔》《张猛龙》,后来还临过《黄庭》《乐毅》,此外还读过不少帖。他说,他的字中有些笔意是靠"看"出来的。父亲对于书法有自己独到的见解,而且非常执著。

随着父亲在文学界名声大起来,他的"画名"也渐渐传扬。一些朋友开始向他索画,父亲认真地为人作画,丝毫不亚于写作,尤其是要根据人的特征,在画上题字作诗,真是要花费一番工夫。但他乐此不疲。父亲写了字,画完画,尽兴了,就丢在一边不管了。毕竟这不是他的主业,他要写作,买菜,给我们做饭,还经常要背着母亲喝点酒。他的那些画就乱堆着,隔一段时间,我们就很不耐烦地用废报纸包包,放到书柜顶上。父亲从不跟我们谈论书画,因为我们不懂,只有我哥哥汪朗对字还多少懂一点。但他常常让我们看,如果我们称赞他的字画好,又恰巧挠到痒痒处了,他就大为高兴。无论写作还是写字绘画,他都非常在乎我们的意见,甚至包括不点儿大的孙女、外孙女的意见,只因为我们是他的家人。有一次,孙女汪卉买了一个工艺品:一只胖乎乎的小鸟站在鸟窝前。大家都觉得很好玩。汪卉认真地说:"这是我给爷爷买的,让他照着画。"又补充道:"他画的鸟都不像!"全家笑得前仰后合,其中笑得最高兴的是父亲。如今，这只小鸟还站在爷爷的书柜里。

父亲自己说："我从小学到中学，都'以画名'。我父亲有一些石印的和珂罗版印的画谱，我都看得很熟了。放学回家，路过裱画店。我都要进去看看。高中毕业，我本来是想考美专的。我到四十来岁还想彻底改行，从头学画。我始终认为用笔、墨、颜色来抒写胸怀，更为直接，也更快乐。"父亲把作画的手法融进了小说，他喜欢疏朗清淡的风格，不喜欢繁复浓重。他说，他画的是对生活的喜悦。有评论家说，父亲的小说里有"画意"。让我们奇怪的是，父亲19岁离开家，从此并没有一个安定的环境让他写字画画，他近60岁才重又开始做画，笔法却毫不生涩，十分圆熟，一如他近60岁才又开始写小说散文而出手不凡。记得1987年父亲受爱荷华国际写作中心邀请到美国呆了三个月，行前画了些小张的画准备送人。考虑到国外不容易找裱画店，父亲特意把宣纸裁成方形，好让人家镶在镜框里。除了画他惯常画的花鸟以外，他还画了几张插瓶花卉，瓶是大肚广口的花瓶，还有些明暗立体的效果，花是康乃馨一类的花，调出了玫瑰红、蓝紫等浓重的颜色，还用了暗色的背景，很"洋"，近似油画。我们看了，都很惊讶，不知老头儿（我们都这样称呼他）还会出什么新花样。

父亲去世后，一次徐城北先生见到我，谈起父亲生前很希望出一本书画集。这一下提醒了我们，于是把父亲多年积存的画稿都翻出来整理。慢慢地一张一张地认真地看，我们才明白，我们失去的是一个什么样的父亲。

父亲年轻时写的文章能让人感到他对色彩的敏感，老了以后写得短了，手法也接近白描。但在去世前一年有一篇散文却只写颜色：

  颜色的世界

  鱼肚白

  珍珠母

  珠灰

  葡萄灰（以上皆天色）

  大红

  朱红

  牡丹红

  玫瑰红

  胭脂红

  干红（《水浒》等书动辄言"干红"，不知究竟是怎样的红）

  浅红

  粉红

  水红

单衫杏子红

霁红（釉色）

豇豆红（粉绿地泛出豇豆红，釉色，极娇美）

天竺

湖蓝

春水碧于蓝

雨过天晴云破处（釉色）

鸭蛋青

葱绿

鹦哥绿

孔雀绿

松耳石

"嘎吧绿"

明黄

赭黄

土黄

藤黄（出柬埔寨者佳）

梨皮黄（釉色）

杏黄

鹅黄

老僧衣

茶叶末

芝麻酱（以上皆釉色，甚肖）

世界充满了颜色

父亲离开这个世界已经五年多了……

（此文作者汪朝，系汪曾祺的女儿。）

原载二〇〇三年第四期《中国书画》

图书在版编目（CIP）数据

文与画 / 汪曾祺著. —济南：山东画报出版社，2017.1（2021.4重印）

（汪曾祺文集）

ISBN 978-7-5474-1878-9

Ⅰ.①文… Ⅱ.①汪… Ⅲ.①随笔—作品集—中国—当代 Ⅳ.①I267.1

中国版本图书馆CIP数据核字（2016）第106457号

项目统筹	徐峙立
责任编辑	怀志霄
特约编辑	段春娟
装帧设计	王　芳
出 版 人	李文波
主管单位	山东出版传媒股份有限公司
出版发行	山东画报出版社
	社　　址　济南市市中区英雄山路189号B座　邮编 250002
	电　　话　总编室（0531）82098472
	市场部（0531）82098479　82098476（传真）
	网　　址　http://www.hbcbs.com.cn
	电子信箱　hbcb@sdpress.com.cn
印　　刷	三河市华东印刷有限公司
规　　格	160毫米×230毫米
	17.5印张　89幅图　200千字
版　　次	2017年1月第1版
印　　次	2021年4月第3次印刷
定　　价	58.00元

如有印装质量问题，请与出版社总编室联系调换。